JN088374

友人に500円貸したら借金のカタに妹をよこしてきたのだけれど、俺は一体どうすればいいんだろう2

としぞう

FB
ファミ通文庫

I lent 500 yen to a friend.
his sister came to my house
instead of borrowing.
what should I do?

イラスト　雪子

CONTENTS

第1話　友人の妹と一緒に寝る話

ふと、「俺は今までの夏をどうすごしていただろう」と思い返す。

去年は受験生だったから勉強漬けで、その前は……なんだか既《すで》にぼやけて感じる。

それは俺の記憶力が弱いとか、元々大した思い出がないっていうわけじゃなくて――

この夏に起きた変化が、あまりに凄《すさ》まじかったからだ。

いや、かったではなく、今なおそれは続いている。

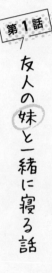

「うーん……」

他にお客さんのいない店内には、小さな唸《うな》り声《ごえ》もよく響く。

喫茶店『結《むす》び』の一番奥の席はすっかり彼女の特等席になっていた。

「朱莉《あかり》ちゃん、少し休憩したら？」

お替わりのコーヒーをテーブルに置きつつ、声をかける。

最初の頃は、テーブルに広げたテキストの設問に悩んでいるのかなと見守っていたけれど、今ではただ単に集中が切れてきた合図だと知っているから、逆に遠慮しない。

「あっ、ありがとうございますっ！」

彼女──宮前《みやまえ》朱莉は渋面《じゅうめん》から一転、ぱあっと顔を綻《ほころ》ばせた。

誰が見ても文句なく、彼女を美少女と評するだろう。当然俺だってそうだ。

彼女との接点が大きく増えて二週間。期間として見ればそれほど長くないけれど、彼女の存在はすっかり俺の日常にどっぷり溶け込んでいて──けれど、彼女の美少女さというか、可愛《かわい》さというか……容赦《ようしゃ》のない魅力には一向に慣れられる気配がない。

むしろ、逆に──

「せ、先輩。どうかしましたか？　そんなにじっと見つめて……」

朱莉ちゃんのもじもじとした声に、はっと我に返る。

彼女はほんのりと顔を赤くし、所在なさげに視線を彷徨《さまよ》わせていた。

「わっ、ごめんっ！」

湧《わ》き上《あ》がってきた罪悪感に背を叩かれ、謝る。

「あ、その、全然怒ってるとかじゃなくて……！　先輩、良かったら少しお話ししませんか？」

「お、お話？」

「べ、別にお説教とかじゃないですからね⁉　なんか話の流れ的にそう聞こえちゃったかもですけど……！」

そう慌てて補足する朱莉ちゃん。確かに一瞬俺のデリカシーのなさを叱《しか》られるんじゃないかと身構えてしまったけれど。

ただ、そうでなくても、今は一応バイト中だ。

この喫茶店にお客さんとして来ている朱莉ちゃんとゆっくり話すのはさすがに——と、カウンターの方へ目を向けると、マスターがこちらを見て頷《うなず》いていた。

どうやら、「お客様の要望を最優先」ということらしい。今はちょうど他にお客さんもいないし。

「そうだね。朱莉ちゃんの息抜きになるなら」

「もちろんです！　むしろ本番な気分です！」

「それ逆効果じゃない⁉」

なんてノリだけの会話をしつつ、彼女の対面に腰を下ろす。

逆さに見るテキストの内容は、まだなんとか理解できた。去年通った道だもんな……一年以上受験勉強して、たった半年で頭から抜け落ちてしまっていたらさすがに落ち込む。

「勉強は順調？」

「はいっ。まったく問題ないです！」

さ、さすが学年の壁を超えて噂《うわさ》が伝わってくるほどの優等生……。

当然、受験当日の俺より遥《はる》かに理解度も高いんだろうなぁ。

「でも、一度は模試も受けとこうかなって思ってます」

「あ、そうなんだ？」

「一応親へのアピールになりますし。兄のところで遊んでたんじゃないんだぞって」

そういえば、朱莉ちゃんは表向き、彼女の兄である昴《すばる》の家に泊まっていることになってるんだっけ。

けれど、その昴は現在免許合宿に参加中で、彼女は昴の家に泊まる代わりに――

「はい、もとむん。コーヒーどうぞ♪」

思考を遮《さえぎ》るように、朱莉ちゃんのものではない、別の女性の声が鼓膜《こまく》を叩く。

なぜかニヤニヤとからかうような笑みを浮かべた彼女は、俺と同じくこの喫茶店で働いている結愛《ゆあ》さんだ。

同じ従業員といっても、彼女はマスターの娘なのでアルバイトとはちょっと違うが。

「お父さんがこのまま休憩しろって。まあ、お客さんが来たら働いてもらうけど」

「あ、はい。わかりました」

「ちょっともとむん？　なに敬語なんか使ってるのよ」

俺の肩に肘《ひじ》をつきつつ、結愛さんが口を尖《とが》らす。

拗《す》ねたような態度だけれど、実際はまたからかっているだけだろう。

なんたってこの文句を踏まえて最初からタメ口で話せば、どうせ「先輩に対してタメ口とは何事じゃ」と頭を叩かれることになるのだから。もちろん経験済みである。

「親しき仲にも礼儀有り、って言うじゃないですか」

「きゃっ。もとむんったらあたしのこと親しき相手って？　ちょっともぉ、やだぁこの子ったら！　あたしたちいとこ同士なのよ？　このマセガキぃ〜！」

うざ……。

無駄にハイテンションで、結局頭を叩いてくる結愛さん。

いとこ同士というのは否定できない事実なのだけど、昔からこの人はこうやって俺をオモチャみたいに――

と、不意に対面の朱莉ちゃんと目が合った。

「…………」

う……⁉

朱莉ちゃんは笑顔でこちらを見ていた。いや、笑顔なんだけど、なんだか凄《すご》く圧を感じる……⁉

「仲良いですね、先輩？」

「え、いや、これは仲良いとかじゃなくて」

「それじゃあごゆっくり〜♪」

「いや、結愛さん⁉　かき回すだけかき回して⁉」

ひらひら後ろ手を振りつつ、結愛さんはキッチンへと引っ込んでしまう。

残されたのは、なぜか不機嫌気味になってしまった朱莉ちゃんと、その対象である俺だけだった。

「あの、朱莉ちゃん」

「先輩」

何か言わなきゃと、とりあえず声をかける俺を朱莉ちゃんが一言でビシッと制する。

「いとこ同士とはいえ、あまりベタベタするのは良くないと思います」

「いや、結愛さんとは別にベタベタとか――」

「良くないと思います」

「は、はいっ」

力強い言葉に思わず背筋が伸びる。

「第一結愛さんも結愛さんですっ！　応援してくれるって言ったのに――」

「応援？」

「あっ……！　ええと、その、じゅ、受験！　受験のことです！」

ああ、そりゃそうか。

自由奔放、勝手気ままなあの人にもさすがにそれくらいの常識は備わってるもんな。

と、すぐに納得した俺に対し、朱莉ちゃんはまるで失言を恥じるみたいに顔を真っ赤《まっか》にしていた。

「当たり前じゃないですか！　ほら、わたし受験生ですし！　むしろ他に応援されることなんて思い浮かびます？　思い浮かばないですよね⁉」

「お、思い浮かばないです……‼」

俺は勢いに圧《お》されながら、ただただ首を縦に振る。

でもこんなに焦《あせ》ったように言われると他に何かあるみたいな――

と、朱莉ちゃんにバレないように、こっそりそれが何なのか考え始めたその時、パッツと窓ガラスを叩く音が聞こえた。

「雨……？」

同じく音に反応して窓に目を向けた朱莉ちゃんが呟《つぶや》く。

まるで蛇口を思いっきり捻《ひね》ったみたいに、突然の雨はあっという間に激しくなった。

「あちゃー、通り雨かな？」

キッチンから出てきた結愛さんがマスターとそんな会話をしている。

接客業に雨は大敵だ。雨宿りにお客さんが駆け込んでくることもあるが、大体は客足を遠のかせる。

特に今はお昼のお客さんが帰って、夕暮れ時にくる常連さんを待つ谷間の時間。さすがの常連さんでも、わざわざ雨の中足を運んではくれる人は少ない。

「今日はしばらく暇《ひま》になりそうだなぁ……帰るときには止《や》んでるといいけど」

半分は独《ひと》り言、半分は朱莉ちゃんへの世間話という感じに呟く。

対し、彼女は少し顔を青くしながら呆然《ぼうぜん》と窓を打ちつける雨を眺《なが》めていた。

「朱莉ちゃん？」

「ど、どうしよう……急いで帰らないと……!!」

「えっ、今⁉　止むのを待った方がいいんじゃ」

「う……で、でもぉ……」

朱莉ちゃんは涙目になりつつ、窓の外と俺の間で視線を彷徨わせる。まるで、親に叱《しか》られないよう隠し事をしている子どもみたいな感じだ。

「もしかして洗濯物干してきたとか？」

「うっ！　そ、そんなところ、なんですけど……」

しょんぼりと肩を落とす彼女。別に雨で洗濯物がだめになっても怒ったりしないのに。

「ん、朱莉ちゃん帰るの？」

と、ここで再び結愛さんがやってくる。話がややこしくなる予感が……！

「ふーん……ふむふむ、なるほど」

そんな結愛さんは、朱莉ちゃんと俺を見て何か納得したように頷《うなず》き――

「よし、求《もとむ》。あんたも帰りなさい！」

「え⁉」

「こんな雨なのよ。一人で、しかもあんな焦った感じで外に出したら怪我《けが》とか事故とか危ないでしょ。あんたがしっかりエスコートすること！」

結愛さんがマトモだ……⁉

そんな衝撃を受けている間に、結愛さんは俺のエプロンを剝《は》ぎ取《と》り、置き傘を二本押しつけてくる。

「この感じなら求いなくても回りそうだし。朱莉ちゃんもそれでいいわよね？」

「は、はい……！」

先ほどとは打って変わり、理路整然と指示する結愛さんはまるで別人に見える……けれど、案外彼女らしいかもしれない。

元々しっかり者で頭も良い頼れるお姉さんで——それ以上に振り回されてきたから、素直に認めるのは癪《しゃく》だけど。

でも、今はありがたい。

「じゃあお言葉に甘えるよ。伯父《おじ》さんもありがとう！」

俺は二人に感謝しつつ、雨が降りしきる中、朱莉ちゃんと一緒に喫茶店を飛び出した。

◇◇◇

帰るなら一緒に。

そんな状況が示すとおり、俺と朱莉ちゃんは帰り道の方向が同じ——というか、同じ家に住んでいる。

一応居候《いそうろう》……ということになるんだろうか。

名目は、「俺が彼女の兄に貸した借金のカタとして」らしい。

これだけ聞けばとんだ極悪人みたいだけれど、俺から彼女の兄に「朱莉ちゃんを差し出せ」と迫ったわけじゃないし、なんなら借金だって反故《ほご》にしてくれてもいいと思ってさえいる。

なんたって、俺が貸したのはたった500円なのだ！

決して軽んじるつもりもないけれど、だからって実の妹を送り込むほどの額じゃ決してない!!

なのに――

『兄に言われ、借金のカタとして参《さん》じました。これからよろしくお願いいたします』

彼女――宮前朱莉は突然やってくると、ぴんと背筋を伸ばし、まるでそれがごく当たり前のことのように整然と言ってのけ、今日までしっかり我が家に居着いている。

俺の、男の一人暮らしの部屋に、だ。

500円なんて一日、いや、一時間でも働けば稼げるお金だ。

実際朱莉ちゃんは俺の家に居候しつつ、炊事・洗濯・掃除……家事のほとんどをやってくれている。

けれど、利子だとか居候にかかる経費だとか……なんか色々それっぽい理由を付けて、

５００円の借金はとても返済には至らない……と、朱莉ちゃんが言っている。やけに嬉しげに。

ただ、正直なところ、朱莉ちゃんの存在にはかなり助けられているのも事実だ。ずぼらな一人暮らしが、目に見えて快適になっていると実感できる。

現在高校三年生、受験期まっただ中の彼女に負担をかけるのは罪悪感があるものの、しかし、彼女がいなくなったとして、果たして元々やっていた本当の一人暮らしに戻れるのだろうかとも思ってしまう。

それに、それ以外にも――

「あぁーっ!!」

「っ⁉　朱莉ちゃん⁉」

アパートに着き、先に部屋に飛び込んでいった朱莉ちゃんが上げた悲鳴を受け、俺も慌てて部屋に入る。

「も、もとむせんぱいぃ……」

涙目になりながら、震える指でさしたそれは――

「あぁ……」

つい、俺も放心してしまいそうになるくらい、雨でずぶ濡《ぬ》れになった、ベランダに干したままの布団《ふとん》だった。

そうか……朱莉ちゃんがあんなに慌てていたのは、布団を干してきていたからだったのか。

「と、とりあえず取り込もう！」

「でも、部屋がびしょびしょになっちゃいます……」

「ええと、じゃあ風呂場に運ぼう！」

ここまでずぶ濡れになってしまった今、急いで取り込んでも焼け石に水。通り雨が止んでからの方がいいんだろうけど……朱莉ちゃんの思いつめた表情を見ていると、一秒でもそのままにしておきたくなんかなかった。

俺は迅速に布団を抱え、真《ま》っ直《す》ぐ風呂場に走り、投げ込む。

多少水滴は落ちてしまったかもだけど、被害は最低限にできたはず……！

「うう……」

「え⁉」

上手くいったと胸を撫《な》で下ろすのもつかの間。

朱莉ちゃんはなぜか涙目になって俯《うつむ》いてしまった。

「私、先輩に迷惑かけてばっかで……」

「いや、そんなことないよ⁉　いつもすごく助かってるし！　ほら、今日の雨は天気予報でも言ってなかったんだしさ！」

一緒にいるのは慣れてきたけれど、だからって涙を流されるのは全く別だ。

理由はむちゃくちゃでも、俺は友人の妹を預かっている身だ。たった一歳差でも年長者なのだ。

ここにいる間は悲しい思いなんかしてほしくないし、できることなら笑顔でいてほしい。

……こういう時、昴ならもっと上手く慰《なぐさ》められるんだろうか。今日ばかりはあの底抜けに明るい友人が羨《うらや》ましく感じてしまう。

「とにかく、なっちゃったものはしょうがないし、布団はまた明日干し直そうよ。えーと、とりあえず水気はタオルとかで吸っといた方がいいのかな？」

と、テレビかなにかで得た知識を披露しつつ、無理やり話を前に進めてみる。

でも、そんな曖昧《あいまい》な誤魔化し方じゃ、やっぱり朱莉ちゃんの表情は晴れない。

「ええと……ごめん。なんか間違ってるかな？」

「い、いえ！　仰《おつしや》るとおりの対処で大丈夫……なんですけど」

朱莉ちゃんは首をぶんぶん横に振って否定しつつ、でもまだ何か気になることがあるのか、親に叱られた子どもみたいに俯いてしまっている。

なんだろう……布団の他には洗濯物はなかったし……それ以外──

「あ」

そうだ。それ以外なんかじゃなくて……布団が駄目になっちゃったんだから。

「今晩、どうしよう」

「うぅ……！」

朱莉ちゃんがびくりと肩を跳ねさせる。どうやら彼女が気に病んでいたのはこっちの方だったらしい。

干してあったのは朱莉ちゃんの布団だった。この夏、お泊まりのためだけに買ったというやつで、当然一組しかない。

それが駄目になった以上、朱莉ちゃんは今晩どこで寝るんだって話で……。

「だ、大丈夫です。私、床に寝るので……！」

「いやそれはさすがに厳しいって！　うちフローリングだし！」

「でも……」

「あ、そうだ。コインランドリーに行って布団乾燥機を使えば──」

と、我ながらベストな答えを導き出せたと思ったのだけど……さっきから、耳に響くズドドドという音に、どうにも嫌な予感を覚えずにいられない。

「なんだか雨、強くなってません……？」

「……なってるね」

天気予報にない通り雨だしすぐに止む、と思っていたけれど、止むどころかますます勢いを増していた。

とてもコインランドリーに行くのは無理……というか、乾かした帰り道でまたびしょ濡れになってしまいそうだ。

(もし急いで帰らずに『結び』に残ってたら、伯父さんちに泊めてもらえたかも……いや、今更そんなこと考えても仕方ないな)

そんな無駄な憶測《おくそく》を口にしても、変に朱莉ちゃんを責める感じになってしまう。

大事なのは、これからどうするか……なんだけど……。

「とりあえず、今晩は俺が床で寝るよ」

「それは駄目です！　先輩は家主なんですから、床でなんて！」

まぁ、朱莉ちゃんの性格的にそう言ってくるとは思っていた。

でもこっちだってお客さんを、女の子を固い床の上で寝かせるなんてできない。

「いや、よくよく考えたら、床じゃなくても俺のベッドで寝かせることになっちゃうのか……？」

「せ、先輩のベッド⁉」

殆ど独り言くらいの声量だったはずなのに、朱莉ちゃんはすぐさま食いついてきた。

「先輩の、ベッド……」

そして、じっとベッドを見つめる。

俺の位置からは表情を見ることはできないけれど、さらさらとした髪の間から、ほんのりと耳が赤くなってるのが見えた。

（もしかして、セクハラと思われた……⁉）

たしかに、捉《とら》えようによっては彼女をそう誘導しようとしているみたいに聞こえなくもないかもしれない。

「いや、朱莉ちゃん。その——」

「そうですよね……！　先輩のベッドで寝るしかないですよね……⁉」

「あ、朱莉ちゃん？」

「降りてきました！　名案が！　ぴぴーんっと！」

朱莉ちゃんは勢いよく振り返り、目をキラキラと輝かせながら力強く言い放った。

「先輩と私、一緒のベッドで寝ればいいんですよ！」

「…………んん⁉」

「だってどう考えても私のお布団は今日だけじゃ乾きませんし、かといって先輩を床で寝かせるわけにはいきません！　もちろん、私が床で寝るのでも大丈夫……というか、そもそもこの事態は私が巻き起こしてしまったわけですし、それが順当だと思うのですが――」

「そんなことさせられないから！」

「……もちろん、先輩ならそうおっしゃられるんだろうなと思ってました」

朱莉ちゃんがにこっと笑う。

俺がさっき、彼女の返事を予想できていたみたいに、彼女もそうだったらしい。

でも、だからって同じベッドで寝るなんてのはさすがに……。

「先輩。今晩は窮屈《きゅうくつ》な思いをさせてしまいますが……」

「いや、朱莉ちゃんは嫌じゃないの？」

「全然嫌なことなんかないですよ？　だって先輩ですし！」

「これまた随分清々《すがすが》しい顔で言うけど……」

「むしろ、先輩は嫌……でしょうか……？　うう、先輩にとって私なんか夕立も予想できずに布団干してた間抜けですもんね……」

「そんなこと言ってないけど⁉」

「先輩にとって私は、同じベッドに入れたくないくらい汚らわしい存在なんだ……けちょんけちょんなんだ……」

「ごめんなさい！　寝ます！　一緒のベッドで寝ます‼」

肩を思いっきり落とし、陰鬱《いんうつ》な空気を漏らしだした朱莉ちゃんに、俺は慌てて頭を下げた。

『けちょんけちょん』というのがどういう状態を表しているのかはちょっと分からなかったけれど、あのまま放っておいたらそのままドロッと溶けてしまいそうな雰囲気《ふんいき》だったし。

「ありがとうございますっ！」

朱莉ちゃんはさっきまでの陰鬱とした空気を一瞬で拭《ぬぐ》い去《さ》り、とても清々《すがすが》しい笑顔を浮かべる。

その変わり様は、まるで、俺と同じベッドで寝るのが嬉しい……みたいな……。

……いや、そんなわけないか。

「あっ、それじゃあ私、晩ご飯の用意しちゃいますね！」

「う、うん。何か手伝う？」

「いえ、先輩はゆっくりしていてください。今日も美味《おい》しいって言わせますから！」

朱莉ちゃんはそう元気よく言い、キッチンに行ってしまう。

俺も何かやっていた方が気が紛《まぎ》れるんだけど……いや、朱莉ちゃんの機嫌が直った今、邪魔する方が良くないか。

「ていうか、本当に一緒に寝るのか……？　いや、でも……あぁ、昴にどんな顔で会えば……」

もうどうしようもないんだろうなぁと思いつつも、俺はキッチンから漏れ聞こえてくる朱莉ちゃんの鼻歌を聴きつつ、頭を抱えるのだった。

◇◇◇

ほんの数分で奇跡的に状況を変えるアイディアが降って湧いてくることもなく、そのまま時間はあっという間にすぎていき——

「そ、それじゃあ……先輩、お邪魔します……！」

「……はい」

すっかり夜も更け、この時間がやってきた。

朱莉ちゃんはいつもの白いパジャマを纏《まと》い、緊張した面持ちで、ベッドに足をかける。

普段は俺一人しか乗っからないベッドがぎしっと音を立てた。

「せ、先輩はそのままで大丈夫ですから！」

「う、うん」

狭い、横幅たったの一メートル弱のシングルベッドの上で、少しずつ距離が縮まる。

一応もう部屋は暗くしてるし、見るのはなんかいやらしい感じがして背中を向けてはいるんだけど……見えない分、彼女の息遣いや漂ってくる香りがくっきり伝わってくる気がする。

（う……）

声を漏らさないように、ほんの僅《わず》かの動揺もバレないように気を張るあまり、呼吸もろくにできない。

「お邪魔、します」

わざわざもう一回、そう言い直した朱莉ちゃんが、今度こそ完全にベッドに乗っかる。

どうしよう。どうすればいいんだろう。

少しでも身じろげば触れてしまう距離に朱莉ちゃんがいる。それを考えると、心臓がばくんと跳ねた。

当然緊張している。

俺は今、友達の妹を預かっている身だ。

彼女にはできるだけ快適に、楽しくすごしてほしい。今年受験生だからっていうのもあるけど。

そしてそれがなんとか成立している一番の理由は、きっと朱莉ちゃんも俺のことを、兄の友達で無害な存在だからと安心してくれているからだろう。

だから、ほんの僅かでもその信頼を崩さないように、誤解でも下心を抱いているなんて思われないように気をつけなきゃいけない。

……彼女が来てすぐに下着姿を見てしまった俺が言うのは白々《しらじら》しいかもしれないけれど。

「ん……」

「っ……！」

背中越しに、朱莉ちゃんの吐息が聞こえ、思わず肩に力が入る。

そして、彼女がほんの少し身じろいだのも、僅かな振動で分かってしまう。

リアルすぎる。一個一個の情報がリアルすぎて、変になりそうだ。

「あの、先輩。もう寝ちゃいましたか？」

「……ううん、どうしたの？」

極めて冷静を装いつつ、余裕たっぷりに聞き返す。少しでも気を抜けば声が震えてしまいそうなので、太ももを思い切り抓《つね》りながら。

「別に用事があるってほどじゃないんですけど……先輩、向こう向いちゃってるから、もう寝ちゃったかなーって思って」

「ま、まぁそりゃあ、朱莉ちゃんも見られてたら落ち着かないでしょ？」

どちらかというと俺の方が、だけど。

誰かと添い寝なんかしたことないけど、こういう時は背中を向け合うのが正解な気がする。変に顔を突き合わせたら絶対緊張するし。その相手が朱莉ちゃんともなれば――

「むぅ……」

けれど、朱莉ちゃんは何か納得のいかないように唸り、

「……えいっ」

「わっ⁉」

突然、俺の背を突いてきた。

「えいっ、えいっ」

「ちょ、えっ、なにっ⁉」

「ふふふっ」

つん、つん、と何度も何度もテンポ良く突いてくる。

俺のリアクションが面白かったのか、くすくす笑いながら。

「あのですね、先輩。背中を向けられたまま眠られちゃうと、ちょっと困るんです」

「え、何が」

「だってですよ？　先輩って基本仰向《あおむ》けで寝てるじゃないですか」

「うん……って、『基本』……？」

「あ、いや、たまに夜中目が覚めちゃった時とかに薄《うっす》ら視界に入って、そんな印象があるってだけです！　別に毎晩まじまじ観察してるってわけじゃないですからね⁉」

朱莉ちゃんはあからさまに動揺したみたいにそう言いつつ、俺の背中を強く突く。ちょっと痛いくらいに。

「別にそんなこと疑ってないから！　ちょっと気になったくらいで！」

「な、ならいいんです。ええ」

「そもそも朱莉ちゃんが俺の寝姿を観察する理由なんかないだろうしね」

「そ、それは……まぁ……それはまぁ、ですね」

あはは、と苦笑しつつ、朱莉ちゃんも納得してくれる。

つつき攻撃も止んだので、俺としても一安心ってところだ。

「あ、話を戻しますね。まぁその、たまーに視界に入るとき、先輩が仰向けで寝てらっしゃるという話ですが」

「ああ、うん」

「今この体勢で先輩がうつ伏せになろうと思ったら、背中側に転がるじゃないですか」

「あぁ……そうかも」

「だから背中を向けられてると、夜中突然先輩に押しつぶされちゃうかもしれないんです、私！」

「そ、それは良くないね……⁉」

無意識のうちに押しつぶすか押し出すか……この狭いベッドの上だと全然起こりえる話だ。

「ですから、お互いに向き合った方がいいんです。そうすれば寝たまま体勢を直すときも、相手がいるのとは反対側に転がるわけですから、お互い安全ですっ」

「なるほど……！」

確かに朱莉ちゃんの言うとおりだ。

俺は寝る前のことばっか考えて、寝た後のことを全然想像できてなかった。

「さすが朱莉ちゃん。頭良いなぁ」

「えへへ、それほどでも。だから先輩。こちらを向いていただけると！」

「そう……か。そういうことになるのか……」

と、促されるまま一旦仰向けになって……気付く。

「ちょっと狭いけど、それなら最初から仰向けで寝ればいいんじゃないかな」

「はっ⁉ た、確かに……‼」

なんて、寝相一つでこんな真剣に話し合ってるのが不意におかしく感じられて、つい笑ってしまう。

「むぅ……」

そんな俺に、からかわれたと思ったのか朱莉ちゃんはふくれたような声を出し——

「でしたら、私は先輩の方を見ますからっ！」

「え？」

「だって、仰向けだとちょっと落ち着かないですし……」

朱莉ちゃんはそう言って、服の袖《そで》を摑《つか》んできた。

反射的にそちらを見ると、本当にこちらを向いて寝転んでいた彼女と、がっちり視線が合わさる。

「……っ！」

「あ……」

朱莉ちゃんの目がまん丸に見開かれる。多分、俺のもそうだろう。

同じベッドに並んで寝る――それは思っていたよりもずっと近くて、真っ暗にした部屋の中でもはっきり彼女の顔が見えるくらい、近くて……。

（だ、駄目だ。落ち着け……！）

細かな息づかいさえもはっきり聞こえてくる。

一つ一つ、朱莉ちゃんを自覚するたびに、心臓の鼓動が大きくなっていく気がする。

それこそ、これだけ近くにいれば彼女にも聞こえてしまうんじゃないかと不安になるくらいに。

「え、えと……窮屈じゃない？」

「だ、大丈夫でしゅ……」

き、気まずい……！

一度意識してしまえば、もう無視できない。

いくら兄の友達だろうが、年上だろうが、俺だって男なのだ。

朱莉ちゃんは可愛いし、綺麗《きれい》だし、なんだか甘い良い香りもするし――

（って、考えるな考えるな考えるな‼）

俺はぎゅっと目を閉じ、ただただそう強く念じ続ける。

そんな俺に対し、朱莉ちゃんはやっぱり気にした感じがなくて、あっさり眠ったのか、ちょくちょく動いて刺激を加えてくる。

それこそ俺の腕を抱き枕と思ってるのか、抱きついたり、顔をうずめてきたり……当然、そんな状態で寝られるはずもなく、結局明け方までひたすら煩悩《ぼんのう》と戦うことになってしまった。

これなら結局、最初から寝ないで完徹すると決め込んでいた方が良かった気もするけど……いや、もう考えるのはよそう。

朱莉ちゃんとの同居生活が始まって二週間。

最初の頃よりも明らかに理性が悲鳴を上げているのが分かる。

年長者として、友達の妹を預かる身としてそれが良くないのは明らかなんだけど……

相手はあの朱莉ちゃんだ。

可愛く、健気で、純真で、人なつっこくて明るくて……まさに理想を全部詰め込んだ最強の女の子だ。

彼女を知り、仲良くなり、その距離が縮まっていくにつれて、危険度もインフレしていっている。

果たして俺は耐えきれるんだろうか……いや、耐えなきゃいけないんだけど。

朱莉ちゃんの夏休みが終わるまでまだ半月以上が残っている。

彼女との生活は快適で楽しくて、悪いものどころか、退屈のない楽しいものではあるのだけど、同時に色々と試練の日々でもありそうだと、改めて思い知らされるのだった。

◆◆◆

『という感じで、すっごい素敵な夜だったの‼』

と、文字で打っていてもニヤけちゃうくらい、私は浮かれていた。

幸いというべきか、あいにくというべきか、あの次の日はそれはもう嫌になるくらいの快晴で、お布団を乾かすには十分だったから、添い寝二日目とはいかなかったけど。

でも、先輩の横顔をあんなに近くで、合法的に眺められるなんて！

ずぶ濡れになったお布団を見たときには、絶望から失神しそうになったけれど、結果的には大勝利とも言えるかもしれない！

「なんだか楽しそうだね」

「えっ、そうでしょうか……えへへ」

そう言う先輩は少し眠そうに見えた。

でも昨日は結構すぐ寝入っていたように思ったけれど……やっぱりバイトとかで疲れが溜《た》まっていたんだろうか。

逆に私は緊張……というか興奮してほとんど眠れなかった。ドキドキしてそれどころじゃなかったというか。

そのドキドキは今でも続いている。私、先輩と同じ布団で寝ちゃったんだ……と思うたびに顔が熱くなる気がした。

(でも先輩からしたらやっぱり私って子どもなのかな……)

たった一つの年の差が、どうしようもなく大きな壁に感じられるときがある。

先輩の家に泊めてもらって、今までが嘘《うそ》だったみたいに沢山お話しして……でも、先輩は変わらず先輩のままだ。

優しくて、暖かくて……でも、すこし遠く感じてもしまう。

ちらっと覗《のぞ》き見ると、先輩は眠そうにあくびを噛《か》み殺しつつ、スマホを弄《いじ》っていた。

たぶん、暇つぶしにスマホゲームをやっているのだろう。

先輩は兄と仲が良い。それこそ強引に押しかけた私を、『宮前昴の妹』だからと受け入れてくれるほどに。

（きっと先輩からしたら、私はまだ『妹』みたいなもので……だから優しくて……）

その優しさに甘えている内は、きっと変わらない。

気を振り絞って告白して――でも、変に思われたり、拒絶されてしまったら……そんなことを想像すると、とても踏み出せない。

むしろ今のままでいいんじゃないかって気さえしてしまう。

こうして先輩と一緒にいられるのは、この夏の間だけなのに。

「……ん？　どうかした？」

「あ……」

じっと見つめていたから、先輩にも気付かれてしまう。

優しい、気遣うような目が嬉しいのに、きゅっと胸の奥が苦しくなる。

「いえ、なんだか難しい顔をされてたので」

私は咄嗟《とっさ》にそう誤魔化す。

少しイジった感じになっちゃったかも、と思ったけれど、先輩は気にした風もなく、優しく微笑《ほほえ》んでくれた。

「あはは……ちょっとミスが多くてさ」

「手伝いましょうかっ⁉」

先輩のやってるゲームは私も少し嗜《たしな》んでいて、協力プレイもできる。

だから度々一緒にプレイしていて、それはそれで中々至福の時間だったりする。

共に兄から勧《すす》められて始めたもので、これぱっかりはまた兄に感謝——いや、兄は友達招待ボーナスが欲しかっただけだから、別に恩に感じなくていっか。

「いや、そんな大げさなものでもないから。ていうか、今友達とやりとりしてるんでしょ。えーと……たしか、スマイル0円の」

「あ、そうです。りっちゃんです」

「そう、その子」

「でも、絶賛既読無視されてます」

りっちゃんには昨晩がどれだけ素晴らしいものだったか、私の持つ文章力をフル動員して語ってみせたというのに、五分経《た》っても返事がない。既読はすぐについたのに。

とりあえず、対既読無視専用のうざキャラスタンプをぺたぺた貼り付けてみる。

「ま、もう少し頑張ってみるよ。助けられてばっかじゃ情けないしね」

「そうですか……」

ちょっと残念。でも、そう言われれば無理に食い下がることもできないし……と、スマホに目を落とすと、ちょうどりっちゃんから返事が返ってきた。

『スタンプうざい』

『ていうか、文字多すぎ。読むの疲れた』

し、辛辣《しんらつ》!!　でもりっちゃんっぽい。

どうやら、りっちゃんが既読無視してると思ってた間は、私が送りつけた長文メッセージを読むのに時間がかかっていたからみたいだ。

でも、りっちゃんよく既読無視するし……と思って自分のメッセージを見返すと、確かに思いのまま書き殴ったせいで中々の長文になっていた。

た、確かにこれは読むのに骨が折れそう……ごめんなさい、りっちゃん。

『ま、朱莉にしては頑張ってるかもね』

『ほ、ほんと⁉』

さっきまでの流れから、まさか褒《ほ》められるとは思わなくてびっくりしてしまう。

でも、そっかぁー！　やっぱり頑張ってるよね、私。

りっちゃんには私が押しかけている相手が一個上の先輩だとしか伝えてないけど、客観的に見て良い感じに映っているのであれば、確かに前に進んでるということで——

『でもさ、一緒のベッドで寝て手を出されないのは微妙じゃない？』

う……っ！　的確に痛いところを……⁉

『そもそもさ』

と、そこからはりっちゃん無双モード突入！

多分、これまで一方的に色々報告してたから、りっちゃんもストレスが溜まってたんだと思う。

「もう高校も卒業なのに小学生レベルで止まってない？」とか、「妹扱いされて、女として見られてないんじゃない？」とか、「普通ならもうキス……それ以上いってるよ。普通なら」とかとか……りっちゃんからズビッ、ズバシッとぶつけられる容赦のない指摘のひとつひとつが矢のように体に刺さってくる。

目の前に先輩がいるのに卒倒《そっとう》しそう——いや、先輩がいてくれるおかげでまだ理性を保ててるとも言えるけれど、とにかくギリギリ平静を保てる程度のダメージだ！

けれど、指摘は間違ってない。手厳しいけれど受け入れなきゃ……これは現実……現実を受け入れ——

「……ええっ⁉」

受け入れるにはちょっと大きすぎるメッセージに思わず声を上げてしまう。

「へっ⁉　あれ、寝てた⁉」

と、私の悲鳴を受けて先輩が跳ね起きる。

どうやら座ったまま寝落ちしてしまってたみたい……先輩の寝落ち⁉　み、見たかった……‼

……じゃなくて！

「す、すみません先輩！　起こしちゃったみたいで……」

「いや、こちらこそ……っていうか、どうしたの⁉」

「あ、いや、えと……」

先輩とやりとりしている間にも、りっちゃんからはぽこぽこメッセージが届いていて、最新のものには——

「あの、りっちゃんなんですけど」

「ああ、うん。りっちゃん」

「来るみたいです」

「え？」

「こっち、来るみたいです」

そんなあまりに突然の展開に、私も先輩もお互い目を丸くしつつ、ただ顔を見合わせるしかなかった。

第2話 友人の妹の親友が襲来する話

あれから二日がすぎた。

八月になりどんどん暑くなってきていたけれど、今日は今年一の猛暑日になるらしい。

「はぁ……」

つい溜息《ためいき》を吐《つ》いたのは、猛暑のせいか、それともこれから一個イベントが待ち受けているからか……たぶん、その両方だと思う。

朱莉《あかり》ちゃんから突然聞かされた、彼女の親友『りっちゃん』の来訪は、どうやら政央《せいおう》学院大学のオープンキャンパスに来る、というものだったらしい。

最初、りっちゃんが来ると言われたときは、彼女もうちに泊まる気なのかと身構えたけれど、どうやら勘違いだったようで、それは一安心だ。

でも、元々朱莉ちゃんのオープンキャンパスには付き合う話だったし、りっちゃんが合流するのであれば、対面は避けられないわけで……なんか、妙《みょう》に緊張する。

りっちゃんからしたら、俺は親友を泊めてるよく分からない男ってことになるからなぁ。なんか変なトラブルに発展しないか……不安だ。

「ええと、りっちゃんとは政学で合流するんだっけ？」

「はい、たぶん……」

「たぶん？」

「そういえば、決めてませんでした……」

朱莉ちゃんはそう気まずげに苦笑し、「確認しますね！」とスマホを覗《のぞ》く。

まぁでも、オープンキャンパスで合流ってことなら、開始時間の十時くらいに着く感じで行くことになるだろう。

時計を見るとまだ八時。出発までにはまだまだ余裕がある。

既《すで》に朝ご飯も食べ終わり、着替えもすませた。朱莉ちゃんも家に来たときのセーラー服姿だ。

特に持って行かなきゃ行けないものもないし、

（こういう時の待ち時間が一番落ち着かないんだけどなぁ……）

ただ、知り合いの友達に会うというだけなら、こんなに緊張しないと思うけれど、相手は朱莉ちゃんの友達——つまり、俺にとっては後輩だ。

もしもりっちゃんから「先輩なのにだらしない」なんて印象を持たれてしまえば、俺だけでなく、そんな俺と一緒にいる朱莉ちゃんの評価にも悪影響が出てしまうかもしれない。

万が一でも友情にヒビを入れてしまわないよう、今日は年長者としてしっかりしなければ……‼　なんて、思えば思うほど緊張が加速するのだけど。

「うーん、既読つかないですね」

朱莉ちゃんがそう苦笑する。

困った感じではあるけれど、心配する様子はなくて、なんとなくマイペースな子なんだろうなぁと予想がつく。

なんにせよ、俺にできることはなくて、手持ち無沙汰《ぶさた》に思っていると、タイミング良くインターホンが鳴った。

「俺、出てくるね」

「はい。宅配便でしょうか？」

「うん、たぶん……」

……いや、でも宅配便にしちゃ朝早すぎるような……？

なんだかすこし気になったけれど。

俺は大して気にせず玄関に向かい、そのままドアを開けて……絶句した。

「…………え」

そこにいたのは、見慣れた作業着姿の宅配業者ではなく、高校の制服――朱莉ちゃんと同じセーラー服を着た少女だ。

脱色した明るい茶色の髪。垢抜《あかぬ》けた感じの、いわゆるギャルっぽい見た目だけれど、目つきはやや眠たげで――

そんな彼女は眠たげな目のまま、ほんの少しだけ口角を上げつつ、俺を見上げてきていた。

「きちゃった」

「お前――」

「え……？　りっちゃん……？」

「りっちゃん⁉」

後ろからこっそり覗いていたらしい朱莉ちゃんの言葉に、俺は耳を疑わずにはいられなかった。

りっちゃんって……この子、いや、こいつが⁉

「や、朱莉。おはよ」

「おはよ……じゃなくて！　なんでりっちゃんがここに⁉」

「言ったじゃん。オープンキャンパス行くって」

「それは聞いたけど……」

「アタシも大きい荷物持ったまま大学歩き回るの怠《だる》いし、先に置きたくて」

彼女はそう言って、ドアの裏側、ちょうど死角になるところに置いていたトランクケースを部屋の中に押し込んでくる。

「おい、この荷物」

「あー、そっか。言ってなかった。まぁいっか、今言えば。センパイ、アタシも泊まるんで」

「はぁ⁉」

「あざまーす」

「いや、まだ返事してないけど⁉」

「おじゃましまーす。あー、クーラーすずしー」

彼女は俺にトランクケースを押しつけたまま、ぽぽいっとローファーを脱ぎ捨て、勝手に上がっていってしまう。

そして、ぐだっとカーペットの上に大の字になった。いや、いきなりくつろぎすぎでは……？

「ちょ、りっちゃん！」

「んー？　なぁに、朱莉」

「いや、その……どうしてりっちゃんがここに⁉」

「さっき答えたじゃん。オープンキャンパスに、うんたらかんたらって」

「そうじゃなくて！　先輩の！　白木求《しらきもとむ》先輩の家にきてるの⁉　私、先輩の名前教えてなかったし！　ていうか、教えてたとしても住所まで――」

「わかるよ」

「えっ？」

「だって、朱莉の体内にはGPSを埋め込んであるから」

「ええっ⁉」

「ま、嘘だけど」

「嘘なの⁉」

「ホントがよかった？」

「よくないですっ！」

朱莉ちゃん、早速《さっそく》遊ばれてる……。

でも、テンポの良いやりとりを見れば、二人が本当に仲が良いことは分かった。

そうか、本当にこいつが、あのりっちゃんだったんだな……。

「なにぼけーっと見てるの、センパイ」

「いや、驚いてただけだよ」

「とかいって、混ざりたいとか挟《はさ》まれたいとか思ってたんじゃない？」

「ていうか、お前が『りっちゃん』だったんだな」

こいつの冗談に付き合えば、ただひたすらからかわれ続けるだけなのでスルーさせてもらう。だてに結愛《ゆあ》さんに鍛《きた》えられてないからな。嬉しくないけど。

「あの、先輩？　りっちゃんと知り合いなんですか……？」

「あー……そうだったみたい」

「みたい？」

「まさかこいつが朱莉ちゃんと友達で、しかも『りっちゃん』なんて呼ばれてるとは思わなかったから」

「こいつ……？」

「はーい、りっちゃんでーす」

だらしなく寝《ね》っ転《ころ》がりながら、手を振るりっちゃん――いや、桜井みのり。

高校では朱莉ちゃんと同じく一つ下の後輩。そして、中学からの付き合いになる。付き合いの長さで言えば、朱莉ちゃんよりも長い。

「りっちゃんなんて呼ぶの、朱莉くらいだけどね」

「もしかして、みのりのりで、りっちゃん？」

「はい。可愛《かわい》くないですか？　りっちゃんって響き……じゃなくて！」

がしっと腕を摑《つか》みつつ、もの凄《すご》い剣幕で睨《にら》み付《つ》けてくる朱莉ちゃん。

思わず固まる俺。それに対し寝っ転がったままのみのりは他人事のように自身の髪を弄っていた。

「どういう関係なんですかっ！」

「いや、どういうってただの知り合い……」

「私、ここの住所教えてないです！　なのにここに勝手に来れたってことは、りっちゃんが別の誰かから聞いたってことで……それって先輩からじゃないんですか⁉」

「えーと……」

「おお、名推理。探偵なれるよ、朱莉」

「わざわざ一人暮らしの住所を教えるような関係……よりにもよってりっちゃんですよ⁉　他人を寄せ付けないオーラを、二十四時間三百六十五日展開し続けている、ザ・

マイペースなりっちゃんですよっ⁉」

「……お前、今もそんな感じなの？」

「人付き合いって面倒じゃないすかー」

「今話してるのは私です‼」

「はいっ‼」

説教のトーン……っ！

朱莉ちゃんの一喝に思わず背筋が伸びた。

「先輩、りっちゃんとの関係は⁉」

「中学で同じ部活でしたっ！」

「同じ部活……陸上部ですか？」

「そう。といっても俺は選手で、こいつはマネージャーで」

「選手と、マネージャー……」

朱莉ちゃんの手から力が抜けていく。

納得してくれた……ということだろうか？

「りっちゃん、私聞いてない」

「言ってなかったし」

「ていうかそもそも、私先輩が誰か教えてなかったたって話は……はっ⁉　まさかお兄ちゃんから聞いたの⁉」

「朱莉のお兄さんなんてすれ違う程度しか交流ないよ」

俺と違って、みのりは朱莉ちゃんの追及に平然としている。

だらだらしたこいつのことだ。真面目《まじめ》でしっかり者の朱莉ちゃんには日頃からよく叱《しか》られてるのかもしれない。

こいつのこの態度……図太さもあると思うけれど、何より慣れを感じさせる。達人か？

「でも、だったら、どうして私のす――」

朱莉ちゃんの勢いが急激に削《そ》がれていく。

「き……ぁ……」

そして、じわじわと顔が赤らんでいき、俯《うつむ》いてしまう。

対するみのりはなぜかドヤ顔を浮かべていて……え、何？　こいつ何したの⁉

「まぁ、なんでアタシがセンパイいこーるこの人ってわかったかは置いといて……センパイとアタシが知り合いだったたってのは納得したでしょ。んで、住所を知ってたのは、同窓会の案内はがきを送るのに必要だったからよ」

「結局送られてきてないけどな……」

「あー、送り忘れてた」

「おいっ⁉」

「だってどうせアタシも行かないし、それならセンパイも行かない、っていうか行かせなくていいかなーと」

「なに勝手に決めてんの⁉」

「というか、そもそも今時はがきで同窓会の案内回すってのも時代錯誤《さくご》じゃない？　メールなりなんなりあるのに」

はい、無視。露骨《ろこつ》に話題を変えられたのでこの話は終了だ。

……にしても、なんか懐《なつ》かしいな。

高校に入ってからも、ちょいちょい連絡取り合ったり、たまに会ったりしてたけど、中学の時よりはめっきり接点も減ったたし、こうやってだらだら話すのは随分久しぶりな感じがする。

それこそ、みのりが朱莉ちゃん――俺の友達の妹と仲良くなってたなんてのも、まったく知らなかったくらいだしな。

「にしたって、泊まるってんなら、事前に連絡しとくべきだろ」

「親には言ったよ。センパイんちに泊まるーって」

「いや、俺に言えよ」

「さぷらーいず」

「嬉しくない……」

突然やってきて引っかき回す……台風みたいなやつと言いたいところだけど、みのりにそんな元気もやる気もない。

マイペースにダラダラと、こっちのやる気を削ぐ感じは……うん、熱帯夜みたいなというほうが適してそうだ。

◇◇◇

その後、みのりが「外暑いですし、もうオープンキャンパスとかよくない？」などと元も子もないことを言い出し、朱莉ちゃんに諫《いさ》められるなんてことがありつつも、ようやく家を出発する時間がやってきた。

まぁ、暑くて怠いのはちょっと同意だけど……。

外に出て、雲一つない真《ま》っ青《さお》な空を見上げれば、ついそう思わずにはいられなかった。

「うわぁ、暑いですね……」

次いで、朱莉ちゃんが出てくる——が、みのりの姿はない。

「みのりは？」

「来るまでに汗かいてたから、アンダーだけ着替えるって言ってました」

「そっか。朱莉ちゃんも中で待っててていいよ」

さすがに女子高生が着替えているところに俺が入るのはマズいけど、同性で友達同士の朱莉ちゃんなら、この炎天下で待つ必要なんかないだろうし。

しかし、朱莉ちゃんは背筋をぴんと伸ばしたまま、俺の横から動こうとはしなかった。

「先輩。りっちゃんと随分親しいんですね？」

「いや、親しいっていうか……」

「こいつとか、お前とか、……みのりって呼び捨てにしたりとかしてたじゃないですか。それに、りっちゃんもタメ口でしたし」

「それは親しいってより……」

お互いに扱いが雑になってしまっている、というだけな気もするけれど。

でも、朱莉ちゃん的にはちょっと面白くないらしい。まぁ、彼女と暮らす中でりっちゃんって名前はちょいちょい出てきてて、すごく仲良い雰囲気《ふんいき》だったもんな。

その親友が取られたって感じているのかもしれない。

「朱莉ちゃんとの方がずっと仲良いと思うけどな」

「ふぇ⁉」

「息ぴったりだし、結構相性《あいしょう》も良さそうっていうか」

「そ、そうでしょうか……？」

「そう思うよ」

一見まったく違うタイプに思える二人だけれど、がっちり歯車が嚙み合ってるような安定感がある。見ていて飽《あ》きないというか。

朱莉ちゃんにそういう友達がいるというのは安心するし、それにみのりにも朱莉ちゃんみたいな友達ができたと思うと感慨深《かんがいぶか》い。

「まぁ、相変わらず自由なやつで、朱莉ちゃんも大変だと思うけど」

「……自由？　大変？」

この話になってからどこかそわそわと、落ち着かない様子だった朱莉ちゃんがピタッと止まる。

そして、俺を見上げ……なぜか呆《あき》れたような半目を向けてきた。

「仲良いって、もしかして私とりっちゃんのことですか？」

「え、そうだけど……」

「はぁ……」

溜息!?

「まぁ、先輩ですしそういうことだろうと分かってましたけどね」

「ええと……なんかごめん」

「いえ、いいんです。りっちゃんと仲良さそうって言ってもらえたのなら、それはそれで嬉しいですし。ほら、りっちゃんってなんかあまり仲良い感じを表に出さないから」

「確かに。何考えてるか分からないときあるよね」

「そこが魅力でもあるんですが」

思わぬ共通の知り合いに話が弾《はず》む。

ああ見えてみのりは裏表のないタイプだし、接触が減った後も大きく変わることはなかったらしい。

まさか朱莉ちゃんとこんな共感を抱くことになるとは思わなかったけれど、世間は狭いというかなんというかだ。

「中学校の時って、りっちゃん、陸上部のマネージャーだったんですよね。なんだか想像しづらいなぁ……今は帰宅部ですし」

「うちの中学は部活も授業の一環とかで、部活動か委員会への所属が必須《ひっす》だったんだ。あいつが陸上部に入ってきた動機も、マネージャーなら楽そうだし、陸上部なら他の運動部とかより機材も少なそうだからって感じで」

「あはは、りっちゃんらしいですね」

「でも根が真面目だから、マネージャーの中じゃ一番働いてたよ」

「それもりっちゃんらしいです。りっちゃん、あんななのに内心点は良くて、政学も指定校推薦いけそうですし」

「へぇ……」

「普通に勉強すれば全然受かりそうなんですけど、『受験勉強めんどくさい』って」

らしいというか、偽悪的《ぎあくてき》というか。まぁ、指定校が取れるなら、絶対勉強しないだろうな。俺でもしないもの。

指定校推薦といえば、昴《すばる》がそうだったなぁ。あいつ、早々に進学決めて、絶賛受験勉強中の俺を煽《あお》ってきて……なんか思い出したらイライラしてきた。

今度はそれを朱莉ちゃんが味わうのか……がんばれ。みのりなら絶対に煽ってくるだろうし。

「お待たせ～……なに話してたの？」

「な、なんでもないよ！」

「んー？　怪しい。センパイ」

「べつに大したこと話してないよ」

「えー、それって大したことあるときの常套句《じょうとうく》では？」

「ひどいイチャモンだな」

「じゃあ代わりにアタシが話す？　なにがいいかな。朱莉の恥ずかしエピソード？　それとも、リアル中二センパイの痛エピソードとか？」

「何言うつもりか知らないけど、とりあえずやめろ」

「痛エピソード……!!」

「朱莉ちゃんも目輝かせないで!?」

不意に気が付いた。

こいつの登場で俺の負担めっちゃ増えてないか？

ツッコミ役というかなんというか……こればっかりは朱莉ちゃんもちょっと天然なところあるし。

今日はまだ始まったばかりだけれど、早くも妙な疲労感を感じずにはいられなかった。

第3話

友人の妹たちとオープンキャンパスに行く話

大学の夏休みが長くて良かった、と今日ばかりは心から思わずにはいられない。

地球温暖化だなんだと、近年は六月くらいからは三十度を平気で超えるようになって、八月の真夏ともなれば、四十度にも到達してしまう。

そんな暑い中、わざわざ学校に行くなんてとてもとても……と、思うあたり、かつて中学時代に陸上部で培《つちか》った根性みたいなものはほとんど抜け落ちてしまったらしい。

まぁ、講義がなくてもバイトがあるから、あまり変わらない気もするけど。

「結構人いるんだなぁ……」

校門前の受付には朱莉《あかり》ちゃんたちと同じく、制服を着たフレッシュな高校生たちがわんさかいた。

多くは親子連れ。ちょくちょく俺みたいに在校生っぽい雰囲気《ふんいき》の付き添《つそ》いの人も混じっている。

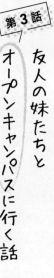

「先輩、まるで初めてみたいな感じですけど……」

「俺、オープンキャンパス来てないからなぁ」

「えっ、そうだったんですか⁉」

思いっきり驚かれているけれど、そんなに珍しいんだろうか。

高二の時はあまり大学進学のことなんて考えてなかったし、高3の時には受験勉強が大変で……正直オープンキャンパスに行く余裕なんかなかった。実家からは遠いし。

「じゃあみんなで初体験ですねっ！」

そう朱莉ちゃんが楽しそうに笑う。

初体験……といえば確かにそうなのだけど、現役大学生として実際に通っている身としては純粋に楽しんで良いのかは中々疑問だったりする。

そもそもオープンキャンパスとは、大学が進学を検討している人に向けて、「大学はこんなところですよー」と宣伝するための場だ。

当然、大学は勉学の場なので、どちらかというとあまり遊びのない、真面目で少し硬い雰囲気で行われることが多いらしい。

まぁ、騒がしく楽しい雰囲気であれば、今まさに受験勉強に暑い夏を費やしている受験生の集中を削《そ》いでしまうことになるだろうし、間違ってはないか。

「楽しみだねー、りっちゃん」

「んー……」

受付をすませ、パンフレットなどの資料や来場特典の記念品を受け取り、さぁこれからオープンキャンパススタート！　という状況なのだが、朱莉ちゃんとみのりは実に対照的だった。

というか、みのりのやつ完全に暑さにやられてるな。分からなくもないけれど。

「りっちゃん、もうちょっとだよ。教室入れば冷房効いてるだろうから」

「あかりーおんぶしてー」

「ちょ、ちょっとりっちゃん？」

みのりはふらふらーっと朱莉ちゃんに寄りかかる。

歩きづらそうだし余計暑そう……と思いつつ、でも友達同士《てっ》でわちゃわちゃしているほうが気も紛《まぎ》れるかと思い、数歩後ろから見守る姿勢に徹するのだった。

◇◇◇

オープンキャンパスの大まかな流れは以下の通り。

まず大学全体の説明会があり、その後に各学部の紹介が行われる。

その後は希望に応じて、在学生によるキャンパスツアーや個別相談、学食体験、体験授業に参加できる――となっている。

決められたエリアのみという制限はありつつも、学内を自由に散策できたりもするので、結構自由な雰囲気だ。

確かに高校生の時にこういうのに来られたら結構いいかもしれない。大学生活をリアルにイメージできるし、それがモチベーションに繋《つな》がるし。

……とはいえ、やっぱり在学生からすればちょっと退屈な内容になっちゃうけれど
……まぁ、それは仕方ないか。

「朱莉、学食体験っての行かない？」

「えっ、もう？」

学部紹介が終わってすぐ、みのりからの提案に朱莉ちゃんが思わずといった感じで返す。

時間は十一時を過ぎたところ。一応学食は空《す》いてるけれど、確かに早い。

「お昼になったら混んじゃうし」

人混みを始め、面倒事は大体苦手なみのりらしい。確かに今なら他の参加者は別のプ

ログラムに参加してるだろう。

「あと、朝から何も食べてないからお腹減った」

「えっ⁉」

「タイミングなかったし。それに……まぁ、ダイエットってやつ？」

「りっちゃん、スリムなのに……」

「まぁ体型的には困ってないけど。いつでも暴飲暴食できるようにしてるの」

本気か冗談か分からない、相変わらずの調子でみのりはすんと胸を張る。

空腹の時に暴飲暴食する方が太りやすい気もするけど……。

「ちゃんと食っとかないと夏バテするぞ」

「えー、せんぱいー、しんぱいしてくれてるんですかー、やさしー」

「めちゃくちゃ棒読みだな⁉」

「心配ついでにおんぶしてくれてもいいですよー」

「おんぶ……」

みのりの冗談に、朱莉ちゃんがほのかに顔を赤らめる。

もしかしたら、あの日——朱莉ちゃんが熱中症でダウンしてしまった後の、『結《むす》び』からの帰り道のことを思い出したのかもしれない。

おんぶして帰るとか、あの時の会話の中身とか……改まって考えると結構恥ずかしいことをしていた気がしてくる。同じベッドで寝るのとは、またベクトルが違う感じの。

「どうしたの、センパイ。朱莉も」

「なっ、何でもないよ！　行きましょう、先輩！」

「う、うん。そうだね！」

変に深掘りされれば、余計な燃料を与えることになりかねないので、俺も朱莉ちゃんもアイコンタクトで会話を切り上げる。

対し、みのりは特に何も言ってはこなかったが、なぜか少しにやにやと笑みを浮かべていた。

◇◇◇

想像通り、学食にはまだ殆ど人がいなかった。

普段、昼頃には学生がごった返し、席を取るのも一苦労という印象が強いので、閑散《かんさん》としているのはちょっと意外だ。

聞いた話だと昼間前後、二限と三限の講義中はわりかし空いているらしい。昼くらいのんびりしたいし、後期はあえて空《あ》けてみるのもいいかもな。

なんて思いつつ、四人掛けテーブルを一つ確保し、カウンターへ向かう。

「へぇ、今日はメニュー少ないんだな」

「普段は違うんですか？」

「いつもはもっと沢山あるよ。体験って銘打《めいう》ってるし、分かりやすいのに絞ってるのかもね」

オープンキャンパス仕様のメニューでは、カレーとラーメン、それに定食がラインナップされている。定食はメインのおかずを唐揚げか、鮭《さけ》の塩焼きか選べるみたいだ。

「センパイ、唐揚げでおなしゃす」

「なんで」

「アタシ、唐揚げカレーにしたいんで」

「奪う目的かよ⁉」

「り、りっちゃん！　それなら私があげるけど……！」

「朱莉はだめ。育ち盛りなんだからいっぱい食べないと」

「そ、育ち盛り……？」

「ちゃんと入れる栄養入れないと」

「ひゃっ⁉」

からかうように、みのりが人差し指でつんっと突く――朱莉ちゃんの、胸を。

「ちょ、りっちゃん⁉」

「知ってるよ、朱莉。たまーに、どうやったら大きくなるかってネット記事漁《あさ》ってるの」

「ど、どうしてそれを……じゃなくて！　先輩の前だから！」

顔を真《ま》っ赤《か》にして抗議する朱莉ちゃんと、それを涼しい顔で受け流すみのり。

そして、それを見せられる俺はいったいどうすればいいんだろう……。

口にはできないけれど、朱莉ちゃんのそれも決して小さいなんてことはないと思う。

むしろ立派なほうなんじゃ……とさえ思う。

「朱莉、食は体作りの一番の基礎だよ。ちゃんと食べれば……ほら、この通り」

と、胸を張るみのり。

いや、お前さっき暴飲暴食するために朝飯抜いてるとか、めちゃくちゃな食生活を暴露してただろ。

……と、ツッコみたくなるけれど、セーラー服越しでもはっきり盛り上がった立派な膨らみは、確かになんだかとてつもない説得力を放っていた。

いや、でも、これは彼女が特別なわけであって、朱莉ちゃんも別に――

「私も、りっちゃんみたいに……⁉」

青天の霹靂《へきれき》、という感じに強く目を見開く朱莉ちゃん。完全に心を射貫《いぬ》かれてる⁉

そして、なぜか一瞬俺の方を見て、自分の胸へと視線を落とす。

「私もりっちゃん……さらには結愛《ゆあ》さんみたいに……？」

ゆ、結愛さんはあまり比較対象にしない方がいいんじゃないだろうか？

あの人は特別……いや、めちゃくちゃだ。

スタイルで見ても日本人離れするほど特出しているのは、身内目線でも認めざるを得ない。

それでもあまり浮いた話は出てこないんだけど……たぶん性格のせいだと思う。

「朱莉ちゃん、あの人のことはあまり気にしない方が――」

「先輩っ！」

「は、はい⁉」

「私も唐揚げ貰《もら》いたいです！」

「え」

「そして……育ち盛ってみせますっ‼」

ぐっと拳《こぶし》を握《にぎ》り、朱莉ちゃんは力強く宣言する。

「そ、そう……頑張って」

俺は勢いに圧《お》され、ろくに気の利いたことも言えず、ただそう頷《うなず》くしかなかった。

そして――

「あ、美味《おい》しいです！」

「うん、意外と」

「……そうだね」

なんて、唐揚げカレーのレビューをする二人を尻目に、俺は白米と味噌汁、漬物だけの質素な定食をいただくのだった。

ちなみに俺の分は自腹で、二人のはオープンキャンパス来場者特典で無料。世知辛い世の中である。

◇◇◇

食事を終え、少し校舎を散策した後、二人は体験講義に参加するということで、いったん別れることになった。

現役大学生が体験講義に参加して席を一つ潰《つぶ》すというのも変な話だし、なんか気まずいし。

というわけで不意に生まれた自由時間で何しようか……と考えていた時、待っていたと言わんばかりにスマホが震《ふる》えた。

「……お前、どっかから見てるんじゃないだろうな」

『へ、何のこと？』

電話越しの間抜《まぬ》けな声。びっくりするほどいつもどおりだ。

『ほら、今日ってうちのオープンキャンパスだろ？　行ってんじゃねぇかなって思って電話してみた！』

「ああそう」

電話の向こうにいるのは宮前昴《みやまえすばる》――朱莉ちゃんの実の兄で、彼女が俺の家に滞在する原因である借金（５００円）を作った張本人である。

ちなみに現在は免許合宿中とか。

『で、朱莉はどうよ。元気にやってる？』

「ああ。ほんと、お前と血が繋がってるなんて信じられないくらい良い子だよ」

『ははは、だろ？』

多少口撃したつもりだったが、どこ吹く風という様子。

まぁ、自他共に認めるシスコンである昴からすれば、朱莉ちゃんが褒められていれば他は気にならないんだろう。

「でも本当に見計《みはか》らったようなタイミングに掛けてくるな。さっきまで一緒だったのに」

『ん、そうなん？』

「今は体験講義中」

『なるほどね、まぁわざわざ出席日数もつかない講義に出る理由はないわな』

「それは……否定できないけど、もっとマシな言い方あるだろ」

口にしてしまうとどうにもしょうもなく感じる。

俺達のような一般大学生にとっては単位が全て。勉強の結果単位が貰えるのではなく、単位を貰うために講義に通うのだと、前期で十分学んだ。

真面目に勉強するために大学に通っている学生には少し申し訳なくもあるけれど。

それに今はオープンキャンパスだ。さすがに大学生活を夢見る彼ら彼女らの前で、こういうことを考えるのは、罪悪感が強い。

「で、何の用だよ」

『ん、ああそうだった』

俺が露骨に話題を逸《そ》らしたのに、昴も気にせず続く。

まあ、近況についてが本題じゃないのは明らかだしな。

『実はそろそろ合宿も終わりそうでよ』

「そっか、残念だったな」

『落ちてねぇよ⁉　ちゃんと免許も取れそうですから！』

「そっか、残念だ……」

『なんで落ち込むんだよっ⁉　褒《ほ》めろ！　讃《たた》えろ‼』

「すごいなー」

『へへっ、照れるぜ』

あからさまな棒読みだったはずだけど、それでいいのか昴。

『でさ、免許取れたらみんなで海でも行かねえ？』

「海」

突然の魅力的なワードについ言葉が跳ねる。

夏といえば海。思えば今年はまだ夏っぽいことをやってない気がする。

「……いや、待て。みんなでって？」

『もちろん俺、お前、朱莉たそ』

「たそ?」

『たそ』

「……朱莉ちゃんは受験生だろ」

『息抜きは必要だって!』

と、のんきに言い切る元受験生。そういやこいつ、指定校推薦だからーと去年もほとんど試験対策してなかったな……。

「ていうか三人だけ?」

『他に呼びたいやついれば呼んでもいいぞ』

「いや、長谷部《はせべ》さんは?」

『お前……⁉　まさか菜々美《ななみ》ちゃんの水着が見たいって⁉』

「言ってねぇよ!　彼女なのに呼ばないのか気になっただけだから!」

長谷部さんは俺達の同級生で昴の彼女だ。

アツアツ……かはわからないけど、少なくとも昴側はぞっこんなはず。

『菜々美ちゃんとは別日に行く話してるから心配無用だぜ』

「ああ、そう」

『そもそもさ、まだ付き合い始めたばっかなのに、いきなり家族紹介するのはハードル高くない？』

「朱莉ちゃんのこと？」

『まあなー』

俺には彼女も兄弟もいないからあまり分からないけれど、昴にとっては大きな悩みらしい。

『ほら、俺ってば朱莉にとって何より尊敬する素敵なお兄様なわけじゃん？』

素敵なお兄様なら500円の借金の尻拭《しりぬぐ》いなんかさせないと思うけど。

『そんな俺の彼女っていったら、すごくハードル上がっちゃうと思うんだよね。いや、菜々美ちゃんも素敵な子なんだけどさ』

「自分で言ってて恥ずかしくないのかよ」

『つーかむしろ、大して興味もたれなかったら寂《さび》しくね⁉　へーお兄ちゃんの彼女さんなんだーへー……で？　みたいな！』

「高低差が、もう……」

『まあ、そんなデビルモードでも朱莉は絵になるんだが』

たし……かに？

想像してみようとして、思えば朱莉ちゃんからそういう敵意みたいなものを向けられたことがなかったと気が付く。

「なぁ、朱莉ちゃんって怒るのか……？」

『はぁ？　当たり前だろ。むしろ怒りっぽい……まぁでも、それも可愛《かわい》いんだけどな！』

話を振る度にノロケに変わるからめんどいな、こいつ。

『まあ、朱莉がお前に怒った姿を見せないのはアレだ』

「アレ？」

『……どれだ？』

「おいっ！」

『はっはっはっ！　つまり俺には言えない感じのアレだ！』

結局どれなんだ……なんだかモヤモヤする。

朱莉ちゃんが怒らないのには何か理由があって、昴はそれを知ってるらしい。俺には全然分からないのに。

『なに？　お前、朱莉に怒られたいの？』

「そうじゃないけど……我慢させてるなら申し訳ないから」

『ははっ、お前らしい悩みだな』

昴はそう、どこか優しく、なぜか寂しそうに笑う。

彼らしくない、変に大人びた感じで。

『ま、朱莉のことならそんな気にするなよ。あいつだっていつも俺に、怒りたくて怒ってるわけじゃないだろうしな！』

「はは……」

『なんて、俺が言うことじゃないか！』

「それは確かに」

互いに声を出して笑う。

別に昴が大丈夫だと言ったからって、朱莉ちゃんが息苦しい思いをしていないという担保にはならないけれど、少しは気が楽になった。

『まぁさ、朱莉に聞いてみてくれよー。あ、なんなら例のお姉さまを誘ってくれてもいいぞ？』

「例のお姉さま？」

『ほら、バイト先の！　いとこの！』

「ああ、結愛さんか……」

昴は何度か『結び』に遊びに来ていて、その内何度か結愛さんとも対面している。あまりに美人すぎて直視できない、なんて言っていたけれど。

『せっかく海に行くんだ！　あの人の水着だって拝《おが》んでみたいし！　男として！』

「はぁ……」

『んだよ、つれねーな。まさか求《もとむ》。お前、あのお姉さまの水着なんか見慣れているとか言うんじゃねぇだろうな？』

返答に困ることを容赦《ようしゃ》なく聞いてくる。

そりゃあいとこ同士だし見たことくらい……なんだけど、言えば面倒なことになりそうなので、ここは黙秘を貫かせてもらおう。

『とにかく、お姉さまの参加は絶対な！　誘えなかったら罰ゲーム！』

「いや、決定かよ。つーか、あの人旅行好きだしさ、またふらっとどっか行っちゃうかもだし」

『聞かーん!!　というわけで、お姉さまと朱莉には話しとけよ！　あと、他にも行きたいやつがいたら……女の子だったらＯＫ！　男だったら要相談!!』

「びっくりするくらい欲望に素直なヤツだな!?」

『それじゃあそういうことで！　アデュー!!』

プープープー、と通話が切れた電子音が鳴る。マジで切りやがった。

「ていうか、これ海行くの確定にされてないか……？　いや、でも朱莉ちゃんたちは受験生で結愛さんも――」

「海？」

「っ⁉」

いつの間にか、すぐ傍《そば》にみのりが立っていた。

いや、なぜ⁉　今は体験講義中のはずなのに……。

「ちょっと抜け出してきた」

と言うみのりは、持っていたハンカチをスカートのポケットに突っ込む。

どうやら手洗いに行っていたらしい。

「で、海がなんて？　なんか欲望がどうとか聞こえたけど」

「うっ……！」

「電話相手は……朱莉のお兄さん？」

「お前エスパーか⁉」

うっかりスピーカーにして通話してた、なんてはずはない。

昴の声はみのりには聞こえないはずだし……いや、もしかしたら普通にあいつの名前を呼んでるのを聞かれただけかもしれない。

「センパイの交友関係は狭いから」

……もっと酷《ひど》い理由だった。

昴の存在は、朱莉ちゃんを通せばそりゃあ分からなくもないと思うけど、ぴったり当てられるなんて。

「それで、海に行くの？」

「誘われただけだよ。あいつと俺と、朱莉ちゃんとかでって」

「ふーん」

「まあでも、お前らは受験生だからな。遊んでる暇は――」

「行く」

当然のように、あっさり言ってのけるみのり。

「きっと朱莉のお兄さんのことだし、他にも女の子なら呼んでいいって言ってそうだし、アタシも行って問題ないでしょ」

「やっぱりエスパーか……!?」

「ううん、これは勘《かん》」

みのりはそう言って、にやっと口角をあげる。

どうやらカマをかけられたらしい。にしたってバッチリ当てられていたのは事実なのだけれど。

「きっと朱莉も頷くと思うよ。チャンスだから」

「チャンス？」

「センパイも当ててみる？」

随分挑発的だ。

それなら俺だって……と、躍起《やっき》になりそうになって、やめる。

海に行くことが朱莉ちゃんにとってどうチャンスなのかなんて、俺じゃ分かりそうにない。

それに、変に誤答すればそれをネタにからかわれそうだし。

「じゃあ、アタシが行きたい理由は当てられる？」

「……楽しそうだから？」

「それはズルいな。もっと具体的に」

「具体的って……」

……駄目だ、これも全然分からない。

第一、みのりと話すのも今日がかなり久しぶりなのだ。

中学から高校に進学したときさえ、交流はガクッと減った。高校から大学となればさらにそれ以上だ。

みのりがこの大学を志望してることさえ、初耳だったわけで——

「しょうがないな、センパイ……ううん、お兄ちゃんは」

不意に、腕が背中に回ってくる。

そして、柔らかく温かい体を押し付けて——

「寂しかったから、だよ」

みのりはそう冗談めかして、笑った。

口調はいつも通りに飄々《ひょうひょう》としていて、けれど、腕に込められた力はとても冗談ではないくらい強い。

それこそ、冗談を流すみたいに軽く振り払えるものじゃない。

「お、おい」

「お兄ちゃんは相変わらず鈍感《どんかん》だね」

「お兄ちゃんって」

「もしかして、忘れた？」

「……忘れてはないけど」

中学の時、俺とみのりは仲が良かった。

陸上部の選手とマネージャー……思えば、それよりも深い仲だったかもしれない。

当然周りはからかってきた。でも俺はそんなの気にしてなかったし、みのりのことを気にかけれるほど大人でもなくて、適当に受け流してたんだけど——

ある日、みのりが同級生に俺達が兄妹みたいだと言われたらしい。

俺もみのりもお互い一人っ子だ。上も下もいない、自由で退屈な一人っ子。

そんな俺達だから相性も良かったのかもしれない。

そして、そんな俺達だから兄妹っていうのがどういうものか分からなかった。

(そっか、兄妹ってこんな感じなんだ)

もしかしたらこれもからかいの一種だったかもしれないけれど、でも、他の女子に感じない気安さや心地よさは確かにあって。

みのりもふざけて一時期ずっと「お兄ちゃん」なんて呼んできていた。今思えば少し遠い呼び方だけれど。

とはいえ、こうして顔を押しつけるようにハグされるのは、普通に困る。

「あんまからかうなよ」

「はーい」

注意すると、彼女はあっさりと離れた。

そして、ステップを踏むように軽やかに俺から離れ、くるっと振り向く。

「そういや、センパイ」

「ん」

「今晩、一緒に寝てもいい？」

「…………は？」

「朱莉は一緒に寝たんでしょ。同じベッドで」

「は、はぁっ⁉」

「あはは、変な顔」

みのりはイタズラが成功したみたいにけらけらとからかってくる。

そして——

「なんだ、結構効いてんじゃん」

そう呟き、早足で去っていった。

◇◇◇

「あ、先輩っ！」

大きく手を振りながら、朱莉ちゃんが駆けてくる。

パタパタと鳴る足音、眩《まぶ》しい笑顔——なんとなく、犬の耳と尻尾《しっぽ》が生えているような幻覚が見えた気がした。

「お疲れ様です！　お待たせしちゃってすみません……！」

「大丈夫。俺も適当に休ませてもらってたから」

と、つい彼女の頭に手を伸ばしそうになって、引っ込める。

危ない危ない……あわやセクハラだ。みのりの視線もあるし、気をつけなくちゃ。

「体験講義、どうだった？」

「なんだか高校の授業と違って専門的というか独特というか……もっと色々受けてみたくなりました！」

う、ま、眩しい！

これが現役高校生……！　大学に夢と希望しか抱いていない若者の輝き……!?

「そ、そっか。来た甲斐《かい》があったね」

「はいっ！　早く通いたいです！」

見えない尻尾をパタパタさせながら、笑顔で頷く朱莉ちゃん。

そして、そんな彼女の背後から「はよあの件話せや」といった感じのメッセージが込められた視線を飛ばしてくるみのり。

なんて対照的なんだ……主に可愛げ的な意味で。

「あのさ、朱莉ちゃん」

「はい、なんでしょう？」

「その……さっき、昴から電話があって」

「兄から？　……はっ⁉　もしかして、何かまた失礼なことを⁉」

「いや、そんなんじゃなくて、みんなで海に行かないかって」

「海⁉」

朱莉ちゃんが目を丸くしつつ、少し跳ねる。

そして、みのりの方……胸のあたりに目を向け、次に自分のへと視線を落とす。

「海……」

露骨にテンション下がった⁉

「あ、朱莉ちゃん？　別に変に比べなくてもいいと思うけど……？」

「別に何も比べてませんが⁉　私もりっちゃんみたいだったらなー、なんて！」

「い、いや、さっきも比べてたけど、朱莉ちゃんのも結構立派――」

って、それは完全にセクハラだろ⁉

慌てて手で口を塞《ふさ》ぐがこればっかりは完全に手遅れだった。

偶然下着姿を見てしまったとか、雨で布団《ふとん》が使えなくなったから同じベッドで寝たとか、事故と片付けられるのとは全然違う！

俺が朱莉ちゃんを、朱莉ちゃんの胸をそういう目で見ていたことの証明だ！

じわじわ顔が熱くなり、背中に嫌な汗が浮かぶ。太陽の熱のせい、と言い逃れできないドロッとしたやつが。

「……っ」

朱莉ちゃんは呆然《ぼうぜん》と俺を見つめたまま固まっていた。

目をまん丸に見開き、若干頰《ほお》も赤らんでいる。これは確実に、俺の言葉は彼女の耳に届いてしまっていたということだろう。一切の誤解もなく。

「せ、先輩は、私の水着が見たいですか……？」

「えっ」

想像もしていなかった質問に思わず固まる俺。

怒られるか、気まずげに苦笑されるか、はたまた露骨に話題を逸《そ》らされるか……当たらずとも似たようなことになると思っていたのだけれど、まさか一歩踏み込んでくるなんて……！

「ええ、と……」

罠の可能性も一瞬過《よぎ》ったけれど、朱莉ちゃんはそんな子じゃない。

純粋に気になって聞いてきている、と信じるしかない。

その上で、求められている回答は——まぁ、一つだよな。

「うん、見てみたいな」

間違っても、女の子に対して「貴方《あなた》の水着を見たいとは思いません」と答えるのが正解だと思うなんて、それは捻《ひね》くれすぎだと思う。間違いならもう受け入れるしかない。

「え、へへ……」

そんな俺の回答に対する朱莉ちゃんからの返答は、照れるようなはにかみ笑い。

よかった。そう心の中で胸を撫《な》で下ろし——

「りっちゃん、聞いた⁉」

「うん、ばっちし」

なにか言質《げんち》を取ったみたいな反応に、もしかして本当に嵌《は》められたのではないかという疑念が再燃する。

「もしかして……録音とかしてた？」

「録音！　りっちゃんしてた⁉」

「あー、それはさすがに」

「そっかー……先輩、もう一回言ってくれてもいいですよ？」

「絶対言わない！」

……なんて、嬉しそうに笑う朱莉ちゃんと、なにか見透かしたように薄く笑うみのり。

そんな女子高生二人のオモチャにされつつ、暑いオープンキャンパスはすぎていった。

最後の方は大学散策なんて名ばかりで、ほとんど雑談していただけな気もするけれど

……まぁ、朱莉ちゃんもみのりも満足そうだったので、良しとしておこう。

そして、例の海についてだけれど――

「海、行くってさ」

『マジか！　それっ例のお姉さまも？』

「聞いたって何⁉」

「ああ」

昴から誘われた週は、タイミング良く喫茶店も休業するらしい。

伯父《おじ》さんたちの夏休みとして、夫婦水入らずで旅行に行くのだとか。

結愛さんは今更家族旅行についていく年でもないとか言って、一人旅行しようかと思っていたらしい。

けれど、これまたタイミング良く、俺が計画段階で連絡したおかげで、今年は女子高生達とビーチで戯《たわむ》れることにした……と、言っていた。

正直、家族旅行についていくよりも、女子高生達と戯れるってほうが年齢的に……っと、これは本人には言えないな。殺される。

「それと、今ちょうど朱莉ちゃんの友達がこっち来てて、その子も一緒に行くと思う」

『朱莉の友達？　……もしかして、桜井《さくらい》ちゃん？』

「知ってるんだな」

『ああ。たまーにうちに遊びに来たりしてたしな。ほとんど話したことはないけど可愛い子だった……って、なんでお前があの子のこと知ってんだ？』

「中学の後輩なんだよ。朱莉ちゃんと友達ってのは知らなかったけど」

『ほーん……世界は狭いな……じゃなく！　こっちに来てるって、もしかして、桜井ちやんもお前んちに――』

「あ、あれー？　なんか、電波が悪くてよく聞こえないなー？」

『おまっ、らしくない猿芝居《さるしばい》――』

……通話終了。

危ない危ない。余計《よけい》な火種を投げつけるところだった。

もしもみのりも泊めるなんて知られれば、あれやこれや面倒なことを言ってくるに決まってるのだ。

「先輩っ、お風呂上がりましたー」

「あー、ありがと。朱莉ちゃん」

昴への報告を終え、ベランダでボーッとしていると、パジャマ姿の朱莉ちゃんが呼びにきてくれた。

「あっ、でも、りっちゃんが入っちゃったので……もうちょっと待っていただいた方がいいかもです」

「そっか。じゃあもう少し、外でボーッとしてようかな」

元々は、朱莉ちゃんが入浴している音を聞いてしまわないように、逃げる目的で外に出るようになったのだけど、今では好きでこの時間を楽しんでいる。

高品質な生活には何もしない時間が大切だーなんて、どっかで聞いたか読んだかしたことがあるけれど、なんだか実感がある。

「これも朱莉ちゃんのおかげだな……」

「え？」

誰に向けてでもない独《ひと》り言は、一人暮らしを始めてからできた癖《くせ》みたいなものだ。

朱莉ちゃんが来てから頻度《ひんど》は減ってきている自覚は多少あった。

でも、こう外でボーッとしているときはつい気が緩《ゆる》んでしまう。

隣にはまだ彼女がいるというのに。

「あはは……ごめん、いきなり変なこと言って」

「い、いえっ！　私、先輩のお役に立ててますか？」

「当たり前だよ。役に立つ、なんて言い方はちょっと偉そうな感じもするけれど」

「そうですか……良かった」

本気で気にしていたのか、朱莉ちゃんはホッと胸を撫で下ろす。

朱莉ちゃんは意外とネガティブな子なのかもしれない……というのが、彼女との同居生活で得た気づきだ。

基本ハイスペックで、受験用の問題集にもほとんど詰まる様子はないし、そんな勉強の傍《かたわ》ら、炊事・掃除・洗濯などの家事を完璧《かんぺき》にこなしてくれる。

気遣いができて、愛嬌《あいきょう》もある。性格が良いなんてとってつけたような褒め言葉でも、彼女にはすっぽり収まるだろう。

当然容姿だって良いし……これまでたくさん、何度も告白だってされてきただろう。

そんな、貶《おとし》められるより褒められる方が圧倒的に似合う彼女が、ネガティブ気味なのはやっぱり意外だ。

……と考えながら、朱莉ちゃんを見ていると、彼女は恥ずかしげに俯《うつむ》いてしまった。

「あ、ごめん」

「い、いえ……先輩、たまに独り言出ますよね……」

「えっ。もしかして、また出てた……⁉」

「はい……部分的に聞こえたというか……聞こえてしまったというか……」

俯きつつ、気まずげに呟く朱莉ちゃん。外は暗く、分かりづらいけど……もしかしたら顔も赤く染まっているかもしれない。

部分的にって、どこだ……⁉

今度は完全に無意識だったせいで、いったい何を聞かせてしまったのか、全然分からない！

というか、ついさっき自覚したばかりなのに、いきなり出てくるなんて……ガバガバすぎる！

「なんか、ごめん……」

「あ、謝らなくていいですよ⁉　私も、先輩そろそろ独り言言いそうだなーって身構えてましたから」

「身構えられるものなの⁉」

「はい。ずっと見てれば分かります」

そのどこか大人びた笑みに、ついドキッとしてしまう。

彼女は不思議だ。すごく幼く感じるときもあれば、逆に年上のように落ち着いて見えることもある。

「私、好きですよ。先輩の独り言」

「あまり嬉しくないなぁ……自分としては悪癖《あくへき》だと思ってるんだけど」

「そうなんですか？」

「そりゃそうだよ。行儀良くないし、落ち着きない感じするし。朱莉ちゃんが来てからは減ったと思ってたんだけどな」

正直ちょっと落ち込む。朱莉ちゃんは「たまに」と言っていたけれど。

「やっぱり私といると落ち着かないですか？」

「え？」

「だって、先輩が独り言を言うときって、どこかのんびり……というか、リラックスされてるときが多いですから。私がいることで息苦しくさせてしまっていたら――」

「むしろ逆だよ」

彼女の不安を払拭するため、すぐさま否定する。若干食い気味になってしまったけれど。

「一人暮らしを始めた時はさ、自分だけの好き勝手やれる時間が増えて嬉しかったんだ。誰にも気を遣う必要はなくて、自由で」

いつからか、一人暮らしには漠然《ばくぜん》とした憧《あこが》れがあった。

多分、自立している感じがあって大人っぽい印象だったからっていうのもあると思う。

実際は、親から仕送りを貰っているくらいで、自立とは程遠いけど。

「でも、誰もいないっていうのも、なんだか逆に落ち着かないっていうかさ。静かすぎて……だから、つい独り言も言っちゃうんだよね。誰からも注意されないってのもあるけど」

「それって、寂《さび》しいってことですか？」

「いや、そういうことじゃ…………いや、そうなのかも」

ホームシックというにはちょっと早すぎる気もするけれど、朱莉ちゃんの言った「寂しい」という言葉はなんだか腑《ふ》に落ちた。

そういえばせっかくの夏休みなんだから帰省の計画を立ててもいいかもしれない。なんか今更だけど、でもそれは――

「今は、朱莉ちゃんがいてくれるからさ」

「……え？」

「前みたいな寂しさはないよ」

自分しかいない静かな、「おかえり」も「ただいま」もない日々が、今ではどこか遠い昔のことのように思える。

大学で友達と会うのとも、バイトで忙しくするのとも違う。

賑《にぎ》やかで、どこか息苦しく、心地のいい日々――それは朱莉ちゃんが来てくれたからだ。

「あ、あの、先輩。それってどういう――」

「あーかりー」

部屋のドアが開く。

今日からの住人、桜井みのりがTシャツ短パンというラフな姿で出てきて、勢いそのまま朱莉ちゃんに抱きついた。

「わっ、りっちゃん⁉」

「あかりー」

みのりは朱莉ちゃんにもたれかかるようにじゃれつく。

これは、変に邪魔したら怒られるやつかな。

「それじゃあ、俺も風呂入ってくるから」

「ちょ、先輩！　その、さっきのは！」

「二人とも、いくら暖かいからって湯冷《ゆざ》めしないようにね」

そう言い残し、ささっと脱衣所に逃げ込む。

「顔、暑……」

そして、火照《ほて》った顔を押さえ、深く溜息《ためいき》を吐《つ》く。

正直みのりが来てくれて助かった。あのままだったら何を言っていたか、分かったもんじゃない。

ただ一つ、はっきりしたのは……朱莉ちゃんの存在はいつの間にか、俺が思っていたよりずっと深く日常に溶け込んでいたってことだ。

そう遠くない終わりを考えるのが嫌になるくらいに。

◆◆◆

りっちゃんは当然お布団なんか持ってきてなくて、当たり前みたいに私のお布団に潜《もぐ》り込んできた。

思えばりっちゃんとお泊まりするのは初めてかもしれない。いや、修学旅行があったか。

でもこうやって同じ布団に入るのは初めてで……でも、先輩と一緒のベッドで寝た、あの感じとはやっぱり違った。

「みのりはいつまで泊まる気だ？」

「とりあえず、海までは確定かなー」

……にしたって、こうやって見るとやっぱり先輩とりっちゃんの距離感は不思議だ。

先輩もりっちゃんも、なんだかすごく慣れてる感じがする。

「もしかして……お泊まり初めてじゃないの？」

「センパイんちに？　うん」

りっちゃんはあっさり頷いた。当たり前みたいに。大したことないみたいに。

「いや、大したことある‼」

「わっ⁉」

「どーしたの、朱莉。いきなり叫んで」

「お泊まり初めてじゃないんですか⁉」

思いっきり動揺した私は、今度は先輩に聞く。

先輩はびっくりした感じで、おずおずと頷いた。

「まぁ、たまに。といっても実家でだけど」

「実家……！」

「うち、両親が空《あ》けることが多かったから、よく晩ご飯とかセンパイんちでお世話になってたんだ」

「お世話にってか、たかってただけだろ」

「そーともいうかも」

先輩のおうちで晩ご飯……！

ずるい……りっちゃんずるい！

「でも、センパイのご両親と、ノアは歓迎してくれてたし」

「ノア？」

「センパイんちの猫」

「えっ！　それって、ラインのプロフィールの⁉」

「そうそう」

先輩のラインのプロフィール画像には黒猫の写真が設定されている。

ＩＤを交換したとき、少しだけ話したことがあって、先輩の家で飼ってる猫ちゃんだと聞いていたけど……！

「ノアじゃなくて、ノワールな。ていうか……懐《なつ》いてたっけ？」

「んー……そういや懐いてなかったかも。よく寝てるとき、顔踏んづけられたし」

「ああ、そんなのあったな。明け方になるとさ、ノワールのやつ、部屋に入ってきて、俺の腹の上に飛び乗って起こしてくれるんだけど」

「そのジャンプ台にアタシの顔使うから、毎朝寝起き最悪だった」

昔話を楽しむ先輩とりっちゃん。

でも、今の話から推理すると――

「まさか、同じ部屋で寝てたんですか⁉」

「うん」

「そんなあっさり‼」

思わず叫んだ私に対し、先輩とりっちゃんは顔を見合わせる。

「まぁ、中学生の頃の話だから。あの頃は結構遅くまで練習に付き合わせちゃって……その後、『うち、今日両親いないんで』なんて言われれば、付き合わせた罪悪感もあるし、晩飯に誘うのは普通だと思ってたんだけど……」

「実際、センパイんちで夕飯のお世話になるために練習付き合ってあげてたみたいなね」

「だろうな」

先輩とりっちゃんは息ぴったりで、きゅっと胸を締め付けられる感じがした。

二人の間には中学時代に築いた絆みたいなものがはっきりあって、それは恋愛とは違うみたいだけど、でも、羨《うらや》ましい。

「でも、朱莉みたいに単身一人暮らしの部屋に上がり込むほうがすごいと思うけど」

「わ、私は！　……借金のカタだもん」

「あー、言ってたね」

「だから、変なことないもん！」

正直、自分でも借金のカタなんて理由は変だと思うけれど、それを自分で否定してしまえば元も子もない。

だって……こんなむちゃくちゃな理由でもないと、私と先輩の間に繋がりなんてないんだから……！

「そうだよ。朱莉ちゃんは昴のために来てくれたんだから、お前みたいに下心なんかないって」

「う……！」

先輩的にはきっと、私がりっちゃんに変な子だって思われないように援護《えんご》してくれているんだと思うけれど、正直、下心はものすごくあるわけで……！

こうもはっきり言い切られてしまうと、りっちゃんの言うとおり先輩に私のアプローチは全然届いていないってことかもしれない。

むしろりっちゃんの方が先輩と良い感じに思えてくる……うう、私はなんてダメな子なんだ……。

「センパイってやっぱり変わらないね」

「どういう意味だよ」

「そのまんまの意味」

りっちゃんが呆《あき》れたように溜息を吐く。

確かにいくら私でも「先輩ってこういう恋愛ごとに鈍感《どんかん》なんじゃ……？」と疑わずにはいられないけれど、でも、一方的に責めたりもできない。

だって、やっぱり怖いから。

もしも踏み込んで、拒絶されてしまったら、今の幸せな時間が終わってしまうかもしれない……その恐怖はいつも頭の隅《すみ》に存在していて、一歩踏み出すことを許してくれない。

でも、いいんだ。

私にとって先輩と一緒にいれる時間は何よりも嬉しくて、楽しくて、絶対に代えの効かないもので……だから、今のままでも。

「そろそろ、電気消そっか？」

口数の少なくなった私を見て、先輩がそう声を掛けてくれる。

先輩が私を見ていてくれているのが嬉しくて、つい頬がゆるんでしまう。

「はい、先輩！　ほら、りっちゃんももう寝よ！」

「はーい」

「それじゃあおやすみ。朱莉ちゃん、みのりも」

「おやすみなさい、先輩！」

浮かれる私に、りっちゃんが苦笑するのが聞こえた。

子どもっぽいって思われてるんじゃないかって、ちょっと恥ずかしくもあるけど、でも嬉しいのは事実だから否定のしようもない。

不安が完全になくなったわけじゃないけれど、それはそれだ。

私は先輩にもらったあったかい幸せをたっぷり噛みしめつつ、目を閉じるのだった。

第4話 久々に会った友人がやっぱり騒がしい話

それからまた何日か経《た》って、あっという間に昴《すばる》に言われた海へ遊びに行く日がやってきた。

「二人とも、準備できた？」

「はいっ！」

「はー……ふぁ～……」

朝から元気のいい返事をしてくれる朱莉《あかり》ちゃんと、返事の途中で欠伸《あくび》にスライドさせるみのり。

実に対照的な反応に、つい苦笑してしまう。

既《すで》に昴は近くに着いているらしい。とりあえず電話してどこか聞くか。

なんて思いながらドアを開ける――

「お～は～……」

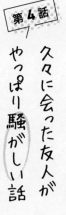

「うわっ⁉」

ちょうどドアの目の前に昴が待機していた！

「お前もういたのか⁉」

「はは……せっかくだからビックリさせたろと思って待機してた……」

ぜえはあと息を荒くしつつ、ぐっと親指を立てる昴。

なんか、具合悪げ……って、こいつまさか。

「お前、いつから待ってたんだ？」

「んー……何時間か前？　ていうか求《もとむ》よ。悪いんだけど水かなんかもらえない……？」

明らかに熱中症的な雰囲気《ふんいき》を醸《かも》し出《だ》す昴を見て、「あ、やっぱりこいつバカだ」と素直に思った。なんというか安心感さえある。

「お、お兄ちゃん？　大丈夫？」

「おー、マイシスター……」

弱々しい兄の姿に、朱莉ちゃんはびっくりしつつすぐに麦茶を差し出す。

「んぐっ、んぐっ……プハーッ！　生き返った！　ていうか求っ！　死ぬかと思ったんだが⁉」

「どんな逆ギレだよっ⁉」

「人を炎天下の中待たせてよぉ……！」

「勝手に待ちかまえてたんだろ！」

「しっかり者の朱莉が一緒なんだ。もしかしたら早め早めの行動をしてくると思ったんだけど……まさかギリギリまで出てこんとは」

「ああ、それは……」

部屋の奥に目を向ける。

そこには、出発前に一揉《ひとも》め発生したと敏感に察し、冷房をつけてだらっとするみのりの姿があった。

朱莉ちゃんだけなら昴の言うとおりになった気もするけれど、今はみのりがいる。

アイツ、限界までだらけることに関してはストイックだからなぁ……。

「あれ？　なんでお前んちに女の子がっ⁉」

「ああ、いや、それは――」

「しかもかなりの美少女！　お前、まさか二股なんかしてんじゃないだろうなぁ⁉　そんなのお兄ちゃん認めませんよ⁉」

「してねぇよ！　ていうか兄になられた覚えないから！」

「ばっかお前！　俺は朱莉のお兄ちゃんだろ！」

「ああ、そっか……」

「まっ、お前のお兄ちゃんになってやってもいいけどなっ！」

「なんで⁉」

久々の対面でありながら、相変わらずハイテンションな昴に引っ張られ、ついつい熱くなってしまう。

そんな俺達を興味深げに見つめてくる朱莉ちゃんと、完全無視のみのり……寝てないか、あいつ？

「ていうか、あの子。どっかで見たことあるような……？」

「お兄ちゃん、りっちゃんだよ」

「オニーチャンリッチャン……ああ！　りっちゃんって朱莉の友達の！」

みのりのことは昴もちゃんと覚えていたようだ。

まあ、ベース女好きな昴が忘れるとも思えないが。

「久しぶり！　りっちゃんちゃん」

「久しぶりです。お兄さんさん」

ぐでっとだらけながら言葉だけの返事をするみのり。

失礼極《きわ》まりないが、昴は特に気を害した感じもなく――

「……なんか、馴染《なじ》みすぎじゃね？」

逆に、ちょっとめんどくさいことに気がつかれた。

「俺ぁてっきりよぉ、りっちゃんちゃんは朱莉の友達だから、一緒に海に行くためにちょちょっと立ち寄ったんかなーって思ったんだけどよぉー」

昴はじとっとした目で、俺とみのりを交互に見る。

ああ、説明が面倒だからみのりも行くっての伝えてなかったんだよな。

美少女の参加ということでスルーしてくれれば嬉しかったんだけど……駄目だったらしい。

「随分慣れた感じだよなぁ、りっちゃんちゃん。まるで、我が家みてぇによぉ～？」

「まあ、そういうのは性格によるからさ……」

「あ、あのねお兄ちゃん。先輩とりっちゃん、同中だったんだって！」

と、昴から陰湿な口撃を受けてたところを朱莉ちゃんが助けてくれる。いい子……！

「同中⁉ 聞いてないぞ求！」

「言う理由なかったし」

「普通そういうことは包み隠さず言うだろ‼」

「なんで⁉」

いくら仲が良くても、大して関係ない中学の交流まで全部伝え合ってたら気持ち悪いと思う。

そもそも昴の中学の交友関係も知らないし。

……と、昴の謎のノリに振り回されていた俺の背に、突然何かがどすんと乗っかってきた。

「よっ」

「なぬっ⁉」

「えっ！」

「……は？」

すぐさま反応した昴、朱莉ちゃんに一歩遅れ、俺は状況を理解する。

みのりが、おんぶをねだる子どものように背中に抱きついてきていた。

「ま、こんな関係です」

「「どんな関係⁉」」

「む、総ツッコミ。ていうかセンパイまで？」

「り、り、りっちゃん……⁉」

「あ。朱莉も乗る？　意外と乗り心地いいよ」

「人を遊園地のアトラクションみたいに！」

「……（ごくり）」

「朱莉ちゃん⁉」

なぜか生唾《なまつば》を飲みつつこっちを見つめてくる朱莉ちゃん。

まさか俺には今時な女子高生の乗り物になれるという隠された才能が……⁉　なんて、あるわけないけれど。

「やっぱり二股だろ⁉　教育に悪い奴め！　成敗してやる‼」

「うわ、バカ！　写真撮るな‼」

「可愛《かわい》く撮ってくださいね、お兄さん。ほら、朱莉もぴーすぴーす」

「ピース……？」

「やらなくていいから！」

とりあえずみのりを体から剝《は》がしつつ、軽快にスマホのシャッター音を鳴らしまくっている昴を止める——が、軽やかに逃げられてしまった。

「へっへー！　なんかあったらこれをネットに晒《さら》してやるぜ！」

「最低だなお前⁉」

「でもお兄さん。そうすると一緒に朱莉も晒されちゃいますよ」

「確かにっ⁉」

「お兄ちゃん……」

「うぐっ‼」

　朱莉ちゃんの軽蔑《けいべつ》と呆れが混じった深い溜息《ためいき》はシスコン昴には効果が抜群《ばつぐん》だったようで、彼はうめき声を上げて倒れた。成仏しろよな……！

「でも、先輩もりっちゃんも！　ベタベタくっつくのはだめです！」

「ご、ごめん」

「あはは。ちょっとからかっただけだよ、朱莉」

　素直に謝る俺に対し、みのりは反省した様子もなく朱莉ちゃんに近づき――ひしっと抱きしめた。

「きゃっ⁉」

　朱莉ちゃんも予想外だったのか、素《す》っ頓狂《とんきょう》な声を上げて固まる。

　そしてみのりは……朱莉ちゃんが抵抗しないのを良いことに、抱きついたまま頬《ほお》ずりをしていた。

「ごめんね朱莉。寂《さび》しくさせちゃって。でも大丈夫。アタシは朱莉だけのものだから安心して」

「り、りっちゃん……⁉」

「それとも、朱莉が嫉妬《しっと》したのは別のことかな」

「あ、あう……！」

いったい何を見せられてるんだ、コレ。

直視するのはなんだか良くない気がして、でも無視するにもここは俺の部屋だし……。

「じゃあ、アタシがセンパイに抱きついて、朱莉とアタシがバグしたから……次は朱莉とセンパイの番だね」

「え？」

「ええっ⁉」

「ほらほら、はやくはやく」

なぜそんな話に⁉　と、状況を咀嚼《そしゃく》する暇さえなく、みのりはグイグイと朱莉ちゃんを押し出してくる。

そんなみのりに戸惑いつつも、朱莉ちゃんは押されるがままこちらに歩み寄ってきて、俺も、この狭い家じゃ逃げ場がなくて……⁉

「おはっよーっ！　お姉さんが来たわよーっ‼」

「「っ⁉」」

突然部屋の中に響いた新しい声に、俺達は慌てて距離をとった。

あー、と残念がる声が二つ。それはみのりと昴のもの――って昴⁉　お前も楽しんでたのかよ⁉

「あれ、お姉さんお邪魔だった？」

そして、状況が分からず首を傾《かし》げる乱入者――結愛《ゆあ》さん。

いや、ある意味助けられたのかもしれない。

「なんか求……朱莉ちゃんも、顔真っ赤じゃない？」

「そ、そんなことないからっ！」

「そお？　ていうか、待ち合わせ時間とっくに過《す》ぎてるんですけどー」

結愛さんはそう苦情を言いつつ、部屋に上がってくる。

一応、結愛さんも俺んちに来るのは初めてではないけれど、にしたって全く遠慮がない。

「ごめん、結愛さん。ちょっと色々あったというか……」

「ま、いいけどさ。……あ、見知らぬ美少年と美少女！」

俺の謝罪をあっさり流し、早速興味は初対面の昴とみのりに移る。

助かった……と安心するのはまだ早い。この人結構根に持つからな……。

「初めまして！　宮前昴《みやまえ》ですっ！」

「初めまして、求のお姉ちゃんの白木《しらぎ》結愛です！　君が朱莉ちゃんのお兄さん？　うーん、朱莉ちゃんのお兄さんっていうのも納得なイケメンっぷりだねぇ」

「へへっ、それほどでも！」

結愛さんのストレートすぎる褒め言葉に、思いっきりダラしなく破顔する昴。

まぁ、うん……良かったな。

「お姉さんも噂《うわさ》に違《たが》わぬ美人っぷりで！」

「噂？」

「はい、求君から！　俺も何度かご尊顔を拝見しようと喫茶店にお邪魔させていただいたんですが、タイミング合わずで……お会いできて光栄です!!」

結愛さんが流し目でこちらを見てくる。「影じゃそんな風に言ってるんだ」とからかうような感じで。

まぁ……結愛さんが美人なのは事実なので、そりゃあ容姿を聞かれればそう言うけどさ。

ていうか昴は畏《かしこ》まりすぎじゃないか？　随分鼻の下伸ばして……彼女いるんだよな、お前。

「んで、そっちの子は？」

「あー……えーと」

次いで標的となったみのりが、びくっと肩を震わせ視線を彷徨《さまよ》わせる。

人見知りが激しいとは言わずとも、コミュ力お化けな昴に比べれば各段に落ちるみのりに、いきなり結愛さんのハイテンションと付き合わせるのは無理があるかもしれない。

「結愛さん、彼女は――」

「アタシ、センパ――いえ、求くんの妹です」

「えっ！」

「りっちゃん⁉」

「そうだったのか⁉」

結愛さんが目を輝かせ、朱莉ちゃんが驚き、昴が思いっきり騙《だま》される。

三者三様の反応に、みのりはどこか満足げな様子だが、俺はただただ気まずかった。

「求の妹ってことは、アタシの妹ってこと⁉　隠し子かしら！」

「まーそんなところです」

「そんなところじゃないだろ……」

「でもそうなると、今回はちょっとした家族旅行みたいになっちゃうわねー」

「家族旅行？」

「だって、アタシは求のお姉ちゃんでしょ。妹ちゃんは妹ちゃんでしょ。それで朱莉ちゃんと昴くんは……うふふっ、未来の家族かもしれないし♪」

「ちょっ、結愛さん⁉」

結愛さんの意味深な発言に真っ先に反応したのは朱莉ちゃんだった。

未来の家族って………あっ！　この人、冗談にしたってめちゃくちゃすぎるだろ……⁉

「ま、お喋《しゃべ》りはこれくらいにして、そろそろ出発しましょ。続きは道中でもできるしね」

散々引っかき回して、自分から切り上げていく……自由すぎるだろこの人。

でも、逆に良かったと思うべきかもしれない。ほら、ネット炎上とかでも変に反応するから燃え広がるとか言うし……。

できれば朱莉ちゃんにフォローを入れたいけど――

「さぁ行くわよ美少女たち！　海と水着がアタシたちを待ってるわ！」

結愛さんは朱莉ちゃんとみのりの手を引っ張ってさっさと出て行ってしまった。

「……なんか、聞きしに勝るすごい人だな」

「……ああ」

あの昴さえも圧倒する、結愛さんの破壊力を実感しつつ、小旅行はスタートしたのだった。

◇◇◇

そんなこんなあって、最初待ち合わせにしていた俺んち近くの駐車場へ戻った俺達だが、一個問題が発生していた。

「ふーむ……五人だけど車は二台……」

そう、駐車場には二台の車が並んでいた。

ひとつは結愛さんの車。そしてもうひとつは昴が借りたレンタカーだ。

どちらもよくあるセダンタイプで片方だけでも全員乗れてしまうサイズだ。

「そういやそこんとこ、ちゃんと考えてなかったな……そりゃあお姉さんも車ありますよね……」

そうちょっと肩を落とすのは昴。免許取り立てでカッコいいところを見せたいと思っていたのだろう。

「まぁ、いいんじゃないか？　さすがにこの年齢で後部座席に三人は窮屈だし、泊まりになるから荷物も多いしさ」

「もとむぅ……！」

至極当然のことを言ったつもりだったのだけど、なぜか感激したように見つめてくる昴。キモい。

そう、今回の海への小旅行は一泊二日。

元々昴の「海に行きたい」というざっくりした要望から始まった計画だったのだけど、結愛さんの知り合いに、海の近くで旅館をやっている人がいるらしく、せっかくなら泊まりでたっぷり夏を満喫！　となったのだ。

けれど、そこまで計画的に進めたなら、足についても最初から大きめのワゴンをレンタルすると決めておいた方が一番良かったような……結局、その辺りの調整をサボった俺が戦犯では……？

「昴、なんかごめんな」

「何が？」

「いや……」

「つか、組み分けどうするよ？　せっかくだし、俺のスーパーなドライブテク披露したいんだけど！」

俺の表情が暗くなったのを察してか、空気を変えるみたいに昴が明るい声を上げる。

こういう時の気遣いの良さは、本当に助けられてるし、尊敬する。

そうだよな……これからせっかく海に行くんだ。反省は後でするにしたって、今はとにかく楽しまないと！

「とりあえず、結愛さんと昴、それぞれの車に分かれるか」

「じゃあアタシ、美少女二人もーらいっ♪」

「わっ、結愛さん⁉」

「きゃー」

「なっ！　ズルいっすよお姉さん⁉」

「へへへー、早いもん勝ちよ♪」

子どもか、この人！　年甲斐もなく楽しみすぎでは⁉

「ぐぐ……求！　お前はこっち来てくれるよな！」

「お、おう」

「えー、もとむん裏切るのー？」

「さすがに求まで持って行くのは鬼畜っす！」

昴は免許取り立てで、おそらく初めてのドライブだ。

相手が俺ってのは味気ないかもだけど、一人で走るよりはきっとマシだろう。

変にかっこつけようとして万が一が起きる……なんてのも怖いしな。

「先輩、先輩」

「朱莉ちゃん？　どうしたの？」

「あの、私もそっち行きましょうか？　兄の相手を押しつけるのも悪いですし……」

「ありがとう。でも、もしも朱莉ちゃんが良かったら結愛さんに付き合ってやってくれないかな。今回の宿泊先とか手配してくれたわけだし、それに……みのりと初対面同士で二人きりにするのも良くない気がするから」

「あー……ですね」

朱莉ちゃんに頼るのも悪い気がするけど、でも案外これが最適な組み分けかもしれない。

それにあの人、俺を乗せると悪癖が出るからなぁ。朱莉ちゃんたちなら大丈夫だと思うけれど……。

「朱莉ちゃん、一応これ渡しとくね」

「これ……酔い止めですか？」

「うん。朱莉ちゃんとみのりの分。多分大丈夫だと思うけど……たまに結愛さんの運転、独特な感じになるから」

「ありがとうございます！」

酔い止めも渡したし、大丈夫かな。あとは荷物をスペース的に余裕のある昴の車に積んで——

「あの、先輩」

「ん？」

「あっち着いたら、いっぱい遊びましょうね。私、先輩と遊びに行けるの、すっごく楽しみにしてたんですから！」

「……うん、もちろん！」

当然みたいに朱莉ちゃんにも気を遣わせてしまっているけれど、彼女も当然楽しむべきで、俺もそうだ。

全員と顔が繋《つな》がってる俺がうまく纏《まと》めないとと気を張ってしまっていて……きっと朱莉ちゃんはそれに気が付いていたんだろう。

「ごめん……じゃなくて、ありがとう」

「えへへ、だっていつも見てますから」

そんな照れくさそうな笑顔を見せてくれる朱莉ちゃんに……俺は思わず見とれてしまった。

いつも見ているという言葉に、少しの恥ずかしさと、なんだかホッとする感じがして、俺は改めて朱莉ちゃんという存在にすごく助けられていると自覚するのだった。

◇◇◇

「へぇ……じゃありっちゃんちゃんが妹って言ってたのは」

「まぁ、中学の時の会話がきっかけってことだな」

助手席に座り、スマホに送られてきていた住所をカーナビに入力しつつ、頷く。

既に車は走り出していて、話の流れどおりこの車には俺と昴の二人だけ——ちょうど良いのでさっきの『二股』なんていう誤解を解いておくことにした。

「しかし世間は狭いねぇ。朱莉の親友ちゃんがお前の仲良い後輩かー」

「俺も驚いたよ、あいつがいきなりやってきた時はさ」

「でも、ちょっと意外だな。あの子ってどっか無気力っていうか……クールじゃん？

そんないきなり押しかけるなんて悪戯《いたずら》じみたことやるんだな」

「結構ガキっぽいやつだよ。まぁ中学の時の思い出がほとんどだから、本当にガキだったんだけどさ。お互いに」

っと、入力完了。画面に目的地までのルートが表示される。

これで俺の役目はほとんど終了かな。昴も免許を取ったばかりとは思えないくらい運転スムーズだし。

「へへ、これでも結構教官に褒められたんだぜ。センスあるって」

「へぇ……なんかすごいな」

「求も免許取れよ。合宿行けばあっという間だぜ？」

「それは金貯めたらかな……」

とはいえ、この辺りや実家周りで暮らす分には電車やバスが通ってるし、わざわざ運転する必要も……って感じだけど。

「でもせっかくなら朱莉も乗せたかったけどな……『カッコイイお兄ちゃん！』って尊敬してくれるかもだし！」

「はは……」

そういや電話したときも同じようなこと言ってたな。清々《すがすが》しいまでに下心丸出しだ。

でも——

「借金のカタに妹を差し出す兄貴がよく言うよ」

「うぐっ」

結局、それに尽きてしまう。

何を企んでるにしたって、無視できない話題だ。

「それはまあ……しゃあないだろ」

「……別に無理して聞き出そうなんて思わないけど。朱莉ちゃんにはすごく助けられてるし」

「ほー！　そうかそうか！」

嬉しそうに笑う昴。朱莉ちゃんが褒められて兄としても鼻高々ってところだろうか。

「朱莉も楽しそうにしてたしよ、俺も嬉しいのなんのって」

「昴……」

「俺だってツラいんだぜ？　妹を送り出すのはよぉ。まぁ相手がお前だからいいんだけどさ」

「そう信頼されすぎるのもな……」

こちとら毎日、理性を保つのに必死だってのに。

朱莉ちゃんも狙ってるわけじゃないだろうけど、どんどん距離感が変になっていってるんだよなぁ。

「ていうかよ！　楽しみじゃね、女性陣の水着姿！」

「……唐突だな」

「いやいや、お前と二人ってなった時点でこの話題をするつもり満々だったぜ」

「ああそう……」

確かに女子がいたら話しづらい話題だ。

水着姿か……ほんの今まで朱莉ちゃんとの距離感について考えていたせいで、つい変なことを想像しそうになってしまう。

「なぁ、お前はどんな水着着てくると思う？」

「どんな水着……うーん……？」

そういえば昨日、朱莉ちゃんとみのりで水着を買いに行ってたんだよな。二人とも、元々海に遊びに行くつもりなんてなかったから、水着持ってきてないって言って。

俺は留守番だったから、当然二人がどんな水着を買ったのか知る由《よし》もなく、想像するしかないんだけど。

ただなぁ……三人とも文句なしの美人揃《ぞろ》いではあるけれど、結愛さんは従姉《いとこ》だし、みのりは彼女の言うとおり妹みたいな距離感が板についてしまって、いまいち想像するのも気が引ける。

だから気になるのは朱莉ちゃんだけ……いやいや！

朱莉ちゃんはこいつの妹だ！　さすがに肉親の前で彼女の水着姿を想像するのは、色々駄目な気がする！

「つかよー！　俺的にはやっぱりあのお姉さまが楽しみなわけ！」

「結愛さん？」

「だって服の上からでも分かるナイスバデーなわけだぜ⁉　なんかサバサバしてるっていうのかなぁ。開放的な雰囲気っていうかぁ……もしかしたら水着も大胆だったり⁉」

聞いてきたくせに、答えを待たずに話を先に進める昴。正直助かったけど。

にしても、こいつには結愛さんが俺の親戚だってことなんか関係ないんだろうな。

まぁ、昴のタイプ的に、結愛さんが一番合ってるってのは分かるけど。

「お前、長谷部《はせべ》さんいるのにいいのかよ」

「別に浮気とかじゃないぜ？　彼女いたってグラドルとか見て可愛いなーって思ったりするしさ。それと同じだって」

「そういうもんなのか」

「そうそう。それにもしも浮気ってなるんだったらよ、彼女がいなかったら全部ガチ恋になんのかって話だろ？」

「確かに……」

これぱっかりは昴の言うとおりだ。俺に彼女ができたことがないから神経質になりすぎてるだけなのかな……。

「求も彼女作りゃ分かるって！」

「そんな簡単にできるもんじゃないだろ」

「そうでもないと思うけどな、お前の場合」

「は？」

「おっと、運転集中！」

なんだかすごく意味深な感じだったけど……昴はたぶん勘違いしている。

今まで恋愛に全く縁がなかった俺にとって、誰かと付き合うなんてそのとっかかりさえ分からないのだ。

まあ、相手がいてこその話だし、考えても仕方ない——

「って、おい昴。曲がるところ過ぎてないか？」

「えっ⁉　さっきの道⁉」

「みたい……だな。うわ！　新しいルートめっちゃ遠回りだ⁉」

「どどどどーしよう⁉」

「だ、大丈夫だから焦るな！　時間かかってもちゃんと着くから！」

ミスしたという焦りと、焦りは事故に繋がるという緊張感により、一気に車内が殺伐《さつばつ》とする。

当然、さっきまでののんびりとした雰囲気も話題も吹き飛んで、俺達はとにかく運転に集中するのだった。

第5話 みんなで海を堪能する話

「「うおおおおおおっ!!」」

海だ！　海!!　目の前に海が広がっている!!

俺と昴《すばる》は共に、子どもみたいに歓喜の声を上げた。

「なんで海ってこう、テンション上がるんだろうな!?」

「わっかんねえ……！　でもテンション上がる!!」

実際に来る前までは、「海っていっても……海だしな」くらいのテンションだった。

そりゃ家の近くにはないけれど、映像とかではよく見るし、日本は島国だから行こうと思えば全然行けちゃう距離にあるし。

テレビとかで、よく海を前にしてはしゃぐシーンとかよく見るけど、ぶっちゃけ大げさだと思ってた。

でも実際に前にすると全然違う!!

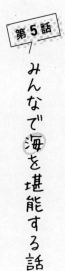

潮風のにおい、ビーチから聞こえてくる賑《にぎ》やかな声、さらには普段は忌々《いまいま》しい太陽の熱まで、すべてがテンションを上げてくれる。

そういえば海なんてかなり久しぶりだ……！

去年は勉強漬けで、一昨年と一昨昨年は昴ら高校の友達とプールには行ったけど、海には行かなかった。

そして中学は部活漬けで遠出なんてしなかったし……そう思うと小学生以来か？

「女性陣はもう着いてるけど、着替えに時間かかるんだよな？」

「って結愛《ゆあ》さんから連絡来てた。俺達の着替えなんて一瞬だし、先に行って場所確保しとくか」

「おう！」

わざわざ更衣室を使うのも手間なので、車の中でささっと海パンに着替えてしまう。

ちなみに昴は予《あらかじ》めズボンの下に穿《は》いてきていたので、先にトランクから荷物を下ろしてもらっておいた。

駐車場からビーチを一望できるっていうのは、なんというかズルい！　気が逸《はや》るというか、なんというか……！

すぐさま準備を追えた俺達は、駆け足でビーチに降りる。

賑わってはいるけれど、隙間がないほどというわけではなくて、すぐに良さげな場所を確保できた。

さすが結愛さんチョイスだ。凄まじい行動力とコミュ力で築いたネットワークは海外だけでなく国内でも遺憾《いかん》なく発揮されている。

レジャーシートを広げて、ビーチパラソルを立てる。ちなみにこのパラソルは結愛さんの私物だ。男性陣の俺達のほうが早く準備が終わるからと車に積まされていたけれど、まさにその通りだった。ああ、尊敬してしまう……！

「よぉし！　これで後は女神達を待つだけだな！」

「女神って、なんか大げさだな」

「大げさなもんか！　三人とも超絶がつくほどの美人なわけだぜ？」

まぁ、それは確かにその通りだ。

身内もいるし、昴みたいにシスコンでもないから大げさに言うのは抵抗があるけれど、あの三人なら、ぱっと見た感じ家族連れが多いこのビーチでも十分注目を集めるだろう。

俺自身、粗相《そそう》がないようにちゃんと心構えをしないと――

「せんぱーいっ！」

「っ！」

き、来た‼

先輩なんて言葉は俺以外の誰にでも向けられる汎用的《はんようてき》なものではあるけれど、あの温かな声色を発する少女は間違いなく一人だけしかない。

振り向くのがすこし怖い。水着……だもんな……。

「おおっ、朱莉《あかり》！　どーよ、俺達の城は！」

「城って、パラソル立てただけでしょ？」

兄妹のこなれた感じの会話を聞きつつ、できるだけ自然に、振り返って――

「あ……」

言葉を失った。

てっきり、彼女はワンピースを選ぶと思っていた。

朱莉ちゃんはたまに大胆というかなんというか……そんな感じの行動に出ることもあるけれど、基本的には照れ屋だ。

よく顔を赤くしたり、上目遣いに窺《うかが》ってきたり……大胆と思えるときも、ブレーキを踏み外したみたいに勢い任せなことが多くて、だから――

「先輩っ、お待たせしました！」

まさか、彼女がこんなビキニを選ぶなんて、有《あ》り得《え》ないって……。

「あの、どうでしょうか？　私の、水着」

朱莉ちゃんは普段の彼女らしく、おずおずと上目遣いにこちらを窺ってくる。

でも、着ているのは小さいビキニだ。細かな名称とかは分からないけれど、赤色のなんだか大人びた雰囲気《ふんいき》のあるビキニ……正直、めちゃくちゃ似合ってる。

普段ふわっとした長い黒髪も今は後ろで一本に結っていて、健康的な雰囲気を演出している。

すべてが可愛らしくも綺麗《きれい》な彼女には実にぴったりで、だから余計《よけい》に目のやり場に困ってしまう。

「あ、えっと……」

「も、もしかして、どこか変でしょうか⁉　あの、この夏流行《はや》りのデザインだとかで、私もちょっと派手かななんて思ったりもしたんですが、店員さんもりっちゃんも似合うって言ってくれて……も、もちろん店員さんはそれが仕事ですし、りっちゃんはあんなんですから、からかってるだけかもとも思ったんですけど、その、鏡越しならわりといい感じじゃないかなーなんて、思ったりして……あはは……」

早口に、少しずつトーンダウンしていく朱莉ちゃん。

その背後からは昴がこちらを睨《にら》んできていて……分かってるよ。

俺が恥ずかしいからと、朱莉ちゃんを落ち込ませたくはない。

緊張で、喉《のど》がへばりついているのを感じつつ、俺は彼女を見返し――

「いあっ！」

「……いあ？」

噛んだ。思いっきり噛んだ！

朱莉ちゃんも不思議そうに首を傾《かし》げている。か、顔が熱い……！

なんとか平静を取り戻そうと、空を仰《あお》いで深呼吸を繰り返す。

バカみたいにバクバク鳴ってた心臓も落ち着いて、顔の火照《ほて》りも引いて……改めて朱莉ちゃんに向き合った。

「凄《すご》く似合ってるよ」

良かった。今度は噛まずにちゃんと言えた。

「似合ってるって、どう似合ってるんですか」

「えっ」

「その、色々あるじゃないですか。身の丈にあってるとか……可愛い、とか」

朱莉ちゃんは照れた感じで、でも感想としては満足いかなかったみたいで、そう再び聞き直してくる。

正直今のだけでも結構頑張ったんだけど……ええい、乗り掛かった船だ！

「本当に、凄く可愛い……です」

言った。言い切った！　後半尻すぼみしてしまったし、目も逸《そ》らしてしまったけれど。

変に思われなかっただろうか……逆にこちらが不安になってしまったけれど、彼女に視線を戻すと——

「えへへ……ありがとうございます……！」

朱莉ちゃんは顔を赤らめて、それでも嬉しそうに微笑《ほほえ》んだ。

（か、かわ……）

つい、水着に向ける感想とは全く別に、思わずそんな感想が漏《も》れてしまいそうになった。

なんとか咄嗟《とっさ》に押さえ込んだけど……バレてない、よな？

「フッ！」

朱莉ちゃん越しに、昴がものすごいドヤ顔でサムズアップしてくる。

……うん、なんかおかげで冷静になったわ。

「朱莉」

「あっ、りっちゃん」

「よかったね」

「うん！　これもりっちゃんのおかげだよー！」

朱莉ちゃんに遅れてやってきたみのりは……見事にラッシュガードで体を隠していた。

そこはかとなく昴もガッカリした顔して見える。

「……なにか？」

「え、俺？」

「あからさまに残念そうな顔してますけど」

いや、俺は別にって感じなんだけどな……なんかみのりらしいし。

「脱いだらすごいよ」

「は？」

「もしかしたら裸かも」

「…………」

挑発的なことを言ってはいるが、顔には嘘と書いてある感じがする。

口調的にも棒読み。なにがしたいんだ、こいつ。

「せ、先輩！」

「えっ」

「変なこと考えちゃだめですからねっ⁉」

朱莉ちゃんがぎゅっと腕を抱いて止めてくる。

水着だから体の感触がダイレクトに伝わってきて……こ、こっちの方が変なこと考えてしまいそうだ……⁉

「りっちゃんも！　女の子がそんなこと言っちゃだめだよ！　ちゃんと着てるの私見たもん！」

「うん、ごめん朱莉」

みのりはあっさり頭を下げ、にやっと笑った。こいつ、標的は朱莉ちゃんか。

「大丈夫、アタシ馬に蹴られて死ぬ願望なんかないから」

「え、馬？」

「あつあつなお二人の邪魔して、ね」

「あつあつ……あっ！　ごめんなさい先輩‼」

「いや……大丈夫」

どうやら俺の腕に抱きついたのは無意識だったらしく、朱莉ちゃんはパッと離れてしまう……しまう？

なに残念がってるんだ俺⁉　これはそういうんじゃないから‼

「て、ていうか、結愛さんは？」

「更衣室出るまでは一緒だったんですけど、いつの間にかいなくなっちゃって……」

「いなくなった？　そいつぁ心配だなぁ……！」

「いや、そんな事件でもないと思うよ、あの人なら」

結愛さんのことだ。一緒に出掛けるなんて結構久しぶりだけれど、あの人のことだからどうせ――

「ちょっとは心配しなさいよぉ～」

「ッ⁉」

甘い声と、背中にずっしり乗っかってくる二つの柔《やわ》らかな何か。

完全な不意打ちに一瞬意識が飛んだ錯覚《さっかく》さえ覚えた。

「っ！」

「あ、ずりぃっ！」

「おー」

朱莉ちゃんが息をのみ、昴が抗議し、みのりがパチパチと手を叩く。

自分で自分の姿は見えないけれど、状況ははっきり分かってしまう。

俺は突然現れた結愛さんに後ろからハグされていた。

「お待たせ、みんな♪　ちょーっとそこでナンパにあっちゃって！」

「やっぱり……」

「やっぱりって何よ。ナンパされてると思ってたならそれこそ心配が足りないんじゃない？」

「慣れてるだろ」

結愛さんがナンパに遭うなんて、なんかもう新鮮さの欠片《かけら》もない。

小さい頃から結愛さんとは、家族ぐるみで、どこか一緒に行くなんてよくあったけれど、場所を問わずナンパされない方が珍しい人だからな。

「な、ナンパ……！」

「えー、そういうとこなんすか」

「んーん、このあたりは落ち着いてるからあまり心配しなくて大丈夫よ。車でもうちょっと行ったビーチがここより人気で、そっちに集まるから」

なるほど、だからこっちは比較的落ち着いた感じなのか。

「さっきの子たちもあまり手慣れた感じじゃなかったしね。『お姉さん、モデルですか？』なんて言われちゃった！」

「へー」

「ちょっとはお姉さんに興味持ちなさいよ」

適当に相槌《あいづち》を打ったら頬《ほお》を抓《つね》られた。痛い。

ていうか、そろそろ離してほしい。

「それともぉ……」

結愛さんが耳元で俺にしか聞こえない声で囁《ささや》く。

気のせいかもしれないが、じとっとした視線が向けられた感じがした。

「アタシより、朱莉ちゃんの方が気になるかしら？」

「なっ……⁉」

「図星ぃ？」

ニヤニヤしつつ、髪をぐしゃぐしゃ撫《な》で回してくる結愛さん。

そういじられながらも、今は結愛さんの発言が朱莉ちゃんに聞こえてないかが気になる。

万が一聞かれてたら、あらぬ誤解を持たれてしまうかも……と、恐る恐る朱莉ちゃんの方を見ると、朱莉ちゃんはガッツリ俺の方を睨んできていた。

「むぅ……」

不謹慎《ふきんしん》にも可愛いと思えてしまう膨《ふく》れっ面《つら》で。

「ちょっと悪ふざけがすぎたかしら。ごめんね朱莉ちゃん。はいっ、もとむんリリース！」

「わっ！」

「せ、先輩っ！」

思い切り背中を押され、つんのめったところをギリギリ朱莉ちゃんに支《ささ》えてもらう。

朱莉ちゃんがいなかったら完全に転んでたぞ……⁉

「結愛さん……！」

「ありゃー、ちょっと強かったかな？　でも朱莉ちゃん、ナイスキャッチ！」

全然悪びれることなく笑う。

そうだ、これが結愛さんだ。機嫌いいときの結愛さん。

苦情をぶつけるのもばかばかしくて、俺はただ溜息《ためいき》を吐《つ》いた。

◇◇◇

それから、

「アタシ、日焼け止め塗らなきゃだから先遊んでていいわよー」と、結愛さんが言い、

「それなら俺が塗りますよ！　むしろ塗らせてくださいっ‼」と、昴が立候補し、

「ちょっと車酔いしたから休んでる」と、みのりが座り込み……。

なんとも自由な連中だなと思いつつ、とりあえず俺と朱莉ちゃんだけで海に入ろうと歩き出したのだけど――

「あ、先輩すみません！　ちょっと忘れ物しちゃって、先行っててください！」

と、朱莉ちゃんも行ってしまって……結局、一人になってしまった。

「なんか、無性に寂《さび》しいな……」

さっきまでワイワイやってたのと、周りの人たちは家族や友達、恋人連れで楽しげにしてるのとが相まって、余計に寂しく感じさせる。

これなら朱莉ちゃんと戻ってたら良かったなと思いつつ、今更戻るのはなんか気まずくて、結局そのまま一人で波打ち際に来てしまった。

「おお……」

それでも、やっぱり海は凄い。

波打ち際の濡《ぬ》れた砂浜が柔らかくて踏んでいて気持ちいいし、打ち寄せる波に足を撫でられるとくすぐったくて――なんだか感動してしまった。

子供の頃はこの小さな波に飛び込んでは転がされて、ケラケラ笑っていた気がする。

あまりはっきり覚えてるわけじゃないけれど、そんな懐《なつ》かしさに、ちょっとばかり落ち込んだ気持ちも和《やわ》らいでくれる。

「ねぇねぇ、おにーさん！」

「ん？」

声をかけられ見ると……小学生くらいの女の子が二人、俺を見上げてきていた。

「なにやってるの？」

「なに？　ええと……散歩、かな？」

少し戸惑いつつ答えると、少女たちは顔を見合わせて笑う。

「じゃあ、ひまってこと？」

「ひとりだもん、ひまだよね！」

「うぐ……！」

容赦なくグサグサ刺してくる!!

「ならさ、おにーさん。あたしたちとあそぼ！」

「え？」

「おにーさん、かっこいいからじまんできそうだし！　ね！」

「うん……！」

二人の女の子は俺を見上げ、目をキラキラ輝かせている。

これ、アレか？　噂で聞く、逆ナン？

なんて、相手は子どもだ。面白がってるだけだろう――

「ねーねー、おにーさんならさー。あたし、けっこんしてあげてもいーよ！」

「け、結婚？」

「だってひとめぼれだもん！」

「あ、あたしも……！」

「じゃあふたりでけっこんしよ！　ええと、こういうのなんていうんだっけ？」

「ジュウコン？」

「そう！　じゅーこんだ、じゅーこん！」

「はは……難しい言葉知ってるね」

ええと、どう対応すればいいんだろう……？

逆ナンどころかプロポーズされてしまった。しかも俺の半分も年食ってないかもしれない子どもに。

これ、下手すりゃこの時点で犯罪では……？　もちろん彼女達ではなく、俺が。

「ええと、君たち親御さんは？」

「おやご？」

「あ、ごめん。お父さんとお母さんはどこかな」

「おとーさんならおにーちゃんとあそんでるよ！」

「なんか、おもぐりばっかしててつまらなかったの」

なるほど、その間に傍を離れてきちゃったのか。

「それじゃあお母さんは？」

「おかーさんはいつきのおせわしてる！」

「いつき？」

「うみたちのおとうとだよ。まだちいさいの」

うみ……この子の名前かな。

そして、話に聞いただけでも四人兄弟らしい。

父親と母親だけじゃ面倒見きれなくてはぐれちゃったのか。

「二人とも、勝手に離れたらお父さんたち心配してるんじゃないかな」

「えっ！　そ、そうかな……」

「どうしよう、そらちゃん……」

しまった。脅《おど》したつもりなんかなかったのだけど、さっきまで明るかった二人の表情が曇ってしまう。

「大丈夫、お兄さんが一緒に行って謝ってあげるから」

「ほんとっ⁉」

「あ、ああ」

「やったね、うみ！」

「うん！　えへへ、はじめてのキョウドウサギョウだ……！」

「む、難しい言葉知ってるね……？」

……もしかしたらやっちまったかもしれない。

一緒に行って親御さんに謝るって、小さな娘が見知らぬ大人の男と一緒にいたって時点で親御さんからしたら事件じゃないだろうか？

でも放ってもおけないし……こればっかりは賭けだな……。

「ねーねー、おにーさん！　おにーさんのおなまえは？」

「俺？　求だよ」

「もとむ！」

「どんなじかくの？」

どんな字か……よし。

俺はしゃがみこんで砂浜に指を立て、『求』と漢字を書く。

この年の子たちには難しいかもだけど。

「こんな字だよ」

「あっ、このじしってる！　ええと、キュウコンのキュウ！」

……本当に難しい言葉知ってるな、うみちゃん。

「じゃあ、きゅうくん？」

「あはは、きゅうって書いて『もとむ』って読むんだよ」

「えー、へんなのー」

「そらちゃん、さっきいってたよ。もとむさんって」

そんな会話をしつつ、彼女らのことも少しずつ分かってきた。

ちょっとわんぱくで元気な子が空《そら》ちゃん。

難しい言葉を知っている、大人しめの子が海《うみ》ちゃん。

二人は双子だけれど、空ちゃんがお姉さんになるらしい。

ちなみに漢字は同じように砂浜に書いて教えてくれた。

「どっちも素敵な名前だね」

「ありがとー！」

「えへへ……」

他人事と言ってしまえばそれまでだけど、せっかくなら今日も彼女らにとって楽しい思い出になってくれればと思わずにはいられない。

特に海ちゃん。自分と同じ名前の場所に来てるんだからな。

「とはいえ、どうしたものかな。このまま送り届けて、親御さんに勘違いさせてしまうのも……」

「先輩！」

「え？　あっ、朱莉ちゃん！」

改めて悩んでいると、ちょうど朱莉ちゃんが戻ってきた。

右手には防水ケースに入ったスマホを持っている。忘れ物ってこれのことか。

「わっ、きれー……」

「おねえさん、プリンセス？」

「え？　え？」

すぐに空ちゃんと海ちゃんに絡《から》まれ、困惑する朱莉ちゃん。

どうやら二人の姿は見えていなかったらしい。

「あの、この子達は？」

「空ちゃんと海ちゃん……一応迷子、かな？」

「ちがうよ！　あたしたち、もとむくんのおよめさんだよ！」

「えっ⁉」

「オシドリフウフ、なの」

「えええっ⁉」

ものすごい、仰《の》け反《ぞ》るくらいに驚く朱莉ちゃん。いや、まさか本気にしたのか……⁉

「あの、この子達が言ってるだけだから」

「……本当ですか？」

疑われてる⁉

「実は先輩、こういう幼い子達がタイプっていう……」

「違います。今もこの子達から突然声かけられて……」

子ども達には聞こえないように、小声で必死に弁明する。

子どもはわりと好きな方だけれど、そういう危ない好きじゃないというのはハッキリさせておかないと、社会的に死んでしまう！

「ねーねー、おねーさん」

「なぁに？」

「おねーさんはもとむくんと、どーいうかんけーなの？」

「えっ」

空ちゃんからの質問に朱莉ちゃんが固まる。

「アイジン？」

「っ……⁉」

難しい言葉を知っている担当である海ちゃんからはそんなパワーワードが飛び出し、固まっていた朱莉ちゃんにピシッとヒビが入る……感じがした。

「私は……私もせんぱ――求さんのお嫁さんです‼」

「ええっ⁉」

何言ってるんだ朱莉ちゃん⁉

「そうなの⁉」

「たしかにおにあい……！」

「え、そお……？　えへへ……」

おそらく咄嗟《とっさ》についただろう嘘を、二人は疑うことなく、むしろ目を輝かせる。

「じゃあもとむくんっておうじさまなんだ！」

「だっておねーさんプリンセスだもんね！」

「そ、そうなの。お姉さんと求さんは、そりゃあもうラブラブなんだから……！」

「あ、朱莉ちゃん？」

「だからね、二人には悪いけど、求さんは渡せませんっ！」

「えー……」

「しかたないよ、そらちゃん。だってプリンセスとおうじさまだもん」

す、すごい。あっという間に二人を納得させた……⁉

確かにこのまま「およめさん」と名乗られてしまうと親御さんの元に届けた時にトラブルになるのは必至。

さすが朱莉ちゃん……来てすぐに状況を正しく認識する理解力、子ども達を納得させせるアドリブ力……！

「ありがとう……朱莉ちゃんがきてくれて本当に助かったよ」

「い、いえ、私こそ、ありがとうございますっ」

「なんで朱莉ちゃんがお礼を？」

「あ……ていうか、すみません！　私、咄嗟とはいえ、先輩と……」

「そんなの全然、気にしなくていいよ。あの子たちも良い感じに納得してくれたしさ」

「……先輩はもうちょっと気にしてくれてもいいと思うんですけど」

「え？」

「なんでもないですっ」

ぼそぼそしていて聞こえなかったのだけど、聞き返すとそっぽを向かれてしまう。

もしかしたら何か気分を悪くさせてしまったかも……と一瞬思ったけれど、彼女の足取りはステップのように軽く、鼻歌まで歌っていて、むしろご機嫌そうに見えた。

◇◇◇

「良かったですね。お父さん、すぐに見つかって」

「うん。大事になる前で良かったよ」

あれから、空ちゃん海ちゃんとお喋《しゃべ》りしつつ浜辺を歩いていると、わりと早く彼女達の父親とお兄さんに合流できた。

元々それほど大きいビーチじゃないし、二人が俺に声をかけたのも離れてすぐだったみたいで、それこそ父親は二人がいなくなったのにも気が付いていないくらいだった。

「まぁ、その割には凄く畏まられちゃったけど」

「ふふっ、さらに〝勘違い〟されちゃいましたしね」

「まあ……うん」

父親の警戒を解くため、俺と朱莉ちゃんが結婚しているという設定は続くこととなった。

というか、空ちゃんたちが先に言っちゃったんだけど。

「若いから疑われる気もしたけど……」

「そんなことないですよ。だって先輩も私も……もう結婚できちゃう年齢なんですから」

「え。…………あ、ああ、確かに」

法律的に言えば確かに朱莉ちゃんの言うとおりだ。

でも、正直あまり意識したことなくて、一瞬何を言っているのか理解するのに時間が掛かってしまった。

そうだよな、お互いそういう年齢なんだ……。

「でもイメージ湧《わ》かないな。結婚なんて」

「そう、ですか？」

「だって実際は彼女もできたことないし。結婚なんて異次元すぎるっていうか」

「……そんなことないと思います」

「え？」

「そりゃあ確かに先輩は、『彼女いない歴＝年齢』かもしれませんが……」

「うぐっ」

なんだか自分で言うより、朱莉ちゃんから言われた方がダメージデカいな……！

いくら焦《あせ》る気持ちはないとはいえ、さすがに男として情けないというかなんというか……。

「でも、先輩は今、私と暮らしてるじゃないですか！」

「……え」

「私、毎日すっごく楽しくて、安心して、本当に先輩の家に押しかけ――こほん、来られて良かったたって思ってます。だから……」

朱莉ちゃんは端《はた》から見たって分かるくらい力強く、必死に、一生懸命に言葉を紡《つむ》いでいく。

そんな彼女に、俺はただ圧倒されて、なぜか妙な緊張に心臓を鷲摑《わしづか》みにされたような感覚になって、
そして――

「だから、私は！」

「……」

「あ……えと、その、わた、わたし……私は、先輩のお嫁さんになる人はきっと幸せなんだろうな、って思います……」

風船が萎《しぼ》むみたいに、朱莉ちゃんの語気が急激にフェードアウトしていった。

あまりに真正面からの褒め言葉に、朱莉ちゃんだけじゃなく、俺も恥ずかしくなって……なんとか、「ありがとう」と絞り出すので精一杯だった。

「…………」

「…………」

そして、また沈黙が流れる。

周囲が楽しげな空気に包まれているからこそ、余計に気まずくて、でも話題を変えようにも中々良いのが浮かばない――

「えいっ」

パシャッ！

「え？」

突然のシャッター音に目を向けると、朱莉ちゃんがこちらにスマホを構えていた。

「えへへ、撮っちゃいました」

「あっ、そういえばスマホ取りに行ってたんだっけ」

「はい！　せっかくだから思い出に残したくて……この防水ケース、入れたままで操作とか撮影ができるんですよ」

　どうやらわざわざ今日のために用意したらしい。

　最近のスマホは防水仕様も多くて、朱莉ちゃんのもそうだけど、劣化とかで水没する危険性は残ってるとかなんとか。

「先輩、せっかくですから一緒に撮ってもらえませんか……？」

「うん、もちろん」

　先ほどまでの気まずい空気を吹き飛ばしてくれたことに感謝しつつ、よろこんで頷く。

　朱莉ちゃんがインカメを起動し、俺たちは海に足首が浸《つ》かるような波打ち際に並んで立った。

「ええと、ちょっと上から撮った方が見栄えいいですかね？　うーん……」

　朱莉ちゃんはスマホの角度を変えつつ、あれこれ試行錯誤をしていて、それに夢中になっているからか、距離感が……彼女の肩が触れたり、離れたり、押しつけられたりしてくる。

――私は……私もせんぱ――求さんのお嫁さんです!!


不意に先ほどの彼女の言葉が頭の中に蘇《よみがえ》る。

もちろんあの言葉にほんの僅《わず》かでも本気が混じっていたとは思わない。

あれは子ども達に配慮しつつ、同時に俺を助けてくれた嘘だ。

でも……情けない俺は、どうしても意識してしまう。

それが間違っていると分かっているのに。

「あっ」

「おっと――ッ！」

スマホを見るのに夢中になっていた朱莉ちゃんが、ぐらっと体勢を崩す。

咄嗟にそれを支えるが、俺も不安定な地面に足を取られてしまい――

「わあっ⁉」

「きゃっ⁉」

俺達はもつれ合いながら、バシャンと音を立て海に倒れ込んだ。

「ご、ごめん！　大丈夫⁉」

立たせる。

「びっくりしました……！」

怪我《けが》でもさせてしまったらと心配しつつ、すぐに起きあがり、彼女の腕を引っ張って立たせる。

朱莉ちゃんはにへっと表情を崩す。

「やっぱり海ってしょっぱいですね」

「そりゃあね。でも、久々だから余計しょっぱく感じるかも」

「先輩も久しぶりなんですね」

「朱莉ちゃんも？」

「はい。小学生の時の家族旅行以来です」

「それじゃあ俺と同じくらいだな」

俺達はどちらともなく笑う。思えばお互いはしゃいでたのが丸わかりだったからだ。

「あ、見て見て先輩！」

「ん？」

朱莉ちゃんに促されスマホを覗《のぞ》き込む。

そこには倒れる直前、びっくりした顔で身を寄せ合う俺達の姿が見事に激写されていた。

「思わずシャッター押しちゃってたみたいですね」

「あはは、二人とも変な顔してるなぁ」

ものの一瞬を見事に捉えたこの写真は恥ずかしいを通り越して感心してしまう出来だった。

ちゃんと画角に収まりきってるし、臨場感もあるというか、お互い支え合おうとぴったり身体を押しつけあっていて――

……って、これ⁉

朱莉ちゃんの胸が、明らかに変形するくらい、俺の胸に押しつけられている⁉

全然気がつかなかった……！　当然感触なんか覚えていない。なんてもったいな――じゃなくて！

朱莉ちゃんは気がついていないのだろうか。いや、気づかれない方がいい。

お互い無意識だっただろうし、このまま意識しないままのほうがいい。絶対いい。

「う……ぁ……」

「う……！」

朱莉ちゃんはスマホを見つめたまま、思いっきり固まっていた。

「あはは……なんか変な写真撮れちゃいましたねぇ～……」

そして誤魔化すように、明らかに作り笑顔を浮かべつつ画面をオフにする朱莉ちゃん。

触《ふ》れるな、ということだろうな……。

「そ、そうだね。改めて撮ろっか？」

「は、はい！」

そう仕切り直す俺に、朱莉ちゃんも乗ってくれたのだけど、お互い妙な気まずさがあって、さっきと比べると微妙な距離感をとりつつ何枚かまた記念写真を撮るのだった。

◇◇◇

「おう、おかえりー！」

気まずいながら会話をしつつ、朱莉ちゃんとのんびり帰ってくると、他の三人はまだパラソルの下でダラダラしていた。

みんな座り込んで、結愛さんなんてもう缶ビールを空《あ》けている。まるで花見みたいだ。

「ずっとここにいたわけ？　海入らずに？」

「運転休憩ちゅ～」

「同じく！」

「同じく」

「お前は運転してないだろ」

まるで我が家みたいにだらける結愛さんと、お調子者らしく便乗する昴と、平気で嘘を吐くみのりと。

時間も結構経ったはずだけど、変わらずだらけた三人に、俺も朱莉ちゃんもつい苦笑せざるをえない。

「せっかく海に来たっていうのに勿体《もったい》なくないか？」

「ちゃんと入るわよ？　でも最初は若い子だけで〜って思って」

「いや、よく分かんないけど」

「バカね求。荷物持ってきてるんだから、誰かが見張ってないと駄目でしょーが。アタシは荷物の番して、そんでこの二人はそんなアタシの護衛よ」

「……悪いな、二人とも。付き合わせちゃって」

「構わねーよ。むしろ役得！」

「朱莉は楽しめた？」

「うん、りっちゃん！」

まぁ……本人達はそれでいいみたいだし、俺がとやかく言うことじゃないか。

「じゃあメンバー交代ね♪　ほら、求。おねーさんに酌《しやく》なさい？」

「うげ……」

「露骨に嫌そうな声出しても駄目～」

がっしり腕を摑まれ、本当に離してくれそうにない。

これは本当に、次の護衛は俺の番らしい。

「昴、この人は俺が見とくから、朱莉ちゃんとみのりは頼む」

「おーよ！　朱莉、りっちゃんちゃん！　バレーボールやろうぜ！」

昴は元気よく親指を立てつつ、ビニールボール片手に二人へ声を掛ける。

どうやらさっきのダラダラタイムに膨らまして準備していたらしい。

「ええと、先輩……」

「朱莉ちゃんも気にしないで。この怠け者《なまもの》を連れてってやってよ」

「怠け者？」

「お前だお前」

相変わらず尻餅《しりもち》を突いたままなみのりの頭を軽く叩く。

「これ、パワハラでは」

「いいから。せっかく海に来たんだ。楽しんでこいよ」

「……はーい」

むすっとした感じはあったけれど、なんとか重い腰は上げてくれたようだ。

まぁ、元々朱莉ちゃんにはついていきそうな感じだったけれど。この気分屋め。

「むふふ、結構モテモテね？」

「はい？」

朱莉ちゃん達の背を見送っていると、そう結愛さんがからかってきた。

「結愛さん、あんまり飲み過ぎないようにね」

「えー、いいじゃない！　雲一つない青空！　爽《さわ》やかな潮風！　こんなザ・海ッ！！な状況で飲まないんじゃあ失礼ってもんでしょ？」

未成年の従弟に対して、酒飲みの理屈を語るのはどうかと思うけど……まぁでも、結愛さんは本当に美味《おい》しそうに缶ビールをグビグビ飲んでいて、それを口うるさく取り上げてしまうのもなんだか悪い気がした。

「求、アンタも飲む～？」

「いや、薦《すす》めるのは駄目でしょ⁉」

「なんでよ～！　どーせあと一年とかでしょ、成人まで。おねーさんが大人の階段、上らせてあげるからぁ♪」

と、節操なく俺の顔に缶ビールを押しつけてくる結愛さん。

酔ってるにしたって、普段はもっと余裕ある感じだけど……。

「結愛さん？　大丈夫？」

「えー、なにがよー」

「なんかやけにぼうっとした感じというか……とりあえず水飲みなよ」

「はーい」

結愛さんは甘えるように口元を緩ませつつ、大人しくペットボトルを受け取り、煽《あお》る。

もしかしたら熱中症気味だったのかもしれない。ビールには利尿作用があって、熱中症対策には逆効果だって何かで見た気がする。

「ていうか結愛さん。こんな飲んでこの後運転どうするんだよ。ええと、代行運転とか頼めばいいのかな」

「大丈夫よ、これ全部ノンアルだから」

「え、そうなの？」

ビニール袋に纏《まと》められた空き缶をひとつ拾ってみると、確かに売り文句としてアルコール度数0．00％と記載があった。

「ま、お酒味のジュースって感じね。アタシがそんな失敗するわけないでしょうが」

それもそうか……なんか心配して損《そん》した気分だ。

でも、じゃあ酔ってるわけじゃないんだよな。アルコール入ってないわけだし。

つまり、ちょっと酔った感じになってるのも演技なわけだ。

そう思って結愛さんを見ると、結愛さんは露骨に顔を逸《そ》らした。心なしか耳が赤い。

「見るなバカ従弟《いとこ》」

「いや、見たくもなるだろ」

結愛さんは酔ってなんかいない。

けれど酔った雰囲気なんかわざわざ出していたのは……たぶん、昴とみのりの前だったからだ。

「結愛さんがこんな緊張するなんて珍しいな」

「緊張してるなんて誰がいいましたぁ？」

「じゃなかったら、わざわざ演技する必要ないだろ？　まぁ、一人旅行とかで経験積んでる結愛さんが今更コミュ障発揮するなんて思いもしなかったけれど」

「むー……」

結愛さんは拗《す》ねるように唸ってこっちを睨んできて……しかしそれ以上の抗議はせず、溜息を吐きつつ、俺の肩に項垂《うなだ》れてきた。

「アタシだってね、若い子に囲まれたら、なんていうか……何話していいか分からなくなったりすることもあるわよ」

「だから酔ったフリを？」

「いーでしょ、別に。それにさ……求の友達と後輩なんでしょ。アタシのせいで求に悪い印象持たれちゃったら悪いじゃない……」

結愛さんは海の方を眺めながら、呟くような小さな声で吐き出す。

そういえば、今まで結愛さんに知り合いを紹介したこととかなかったな。それこそ朱莉ちゃんが最初だ。

でも、朱莉ちゃんが『結び』にやってきたときはいきなり倒れちゃってバタバタしたし、緊張しようなんかなかったかもしれない。

「そんなの気にしなくていいのに。結愛さんは自然体の方が面白いし……」

「面白いし、何よ」

「……カッコイイ？」

「なんかとってつけた感じね」

本当は「魅力的」なんて言いそうになったけれど、なんだか背伸びしているみたいで揶揄《からか》われそうだったので言うのはやめた。

「それに、昴達は良い奴らだ。よっぽど変なことしなきゃ受け入れてくれるさ」

「でも、もしカルチャーギャップなこと言ったら、『おばさん』って思われるかもしれないでしょ⁉」

「酔っ払ってる方がよっぽどおばさんっぽいだろ……」

「た、確かに……⁉」

「あとたぶん、みのりにはバレてると思うぞ。ノンアル」

「うそぉ⁉」

昴は怪しいが、みのりは案外目ざといところがある。

運転が控えている結愛さんが酒を飲んでいる時点で、しれっと缶を見てアルコールが入っていないことを確認しただろう。

「じゃあみのりちゃんにとって、アタシはノンアルで酔ったフリしてる痛いおばさんって勘違いされてる⁉」

「勘違いではなくない？　実際そうなんだし──いだだっ⁉」

「生意気な口はこの口か⁉」

思い切り頬を抓《つね》られてしまう。理不尽だ！

「あー、でも、おばさんってのも案外間違ってないのよね。アタシ、もうアラサーだし？」

「いや、片足突っ込んだくらいでしょ」

結愛さんは二十六歳になったばかり。他の同年代の人をあまり知らないけれど、俺からすれば若々しいと思う。同年代の学生と言っても通用するかも……ってのが、褒め言葉になるかは分からないけど。

「アタシもね、最近結婚どうしようとか考えたりするのよ？」

「え、そうなの？」

「そりゃそうよ！　女にはリミットがあるんだから！　男……いや、アンタみたいに悠長にしてらんないの！」

わざわざ言い直す意味ある？

とはいえ、確かに結婚なんて俺には全然縁がない――

――私は……私もせんぱ――求さんのお嫁さんです！！

「……う、ぁ……」

頭の中に先ほどの朱莉ちゃんの声が蘇《よみがえ》る。

鮮明に、何度も、何度も……。

「なに？　どったの？　いきなり顔押さえて」

「……いや」

バカだ、俺。アレはそんなんじゃないのに。

朱莉ちゃんは俺を助けようと、気を利かしてくれただけで……それをこんな意識するなんて、まるで本気にしてるみたいじゃないか⁉

「そういえば、結愛さんが誰かと付き合ってるって話、あんまり聞かないよね」

「なによ、いきなり」

いきなりでも何でも、話題を変えたかった。

いくらアルコールで判断力が落ちているとはいえ、俺の表情の変化を見てツッコまれたら面倒というか……恥ずかしい。

「結愛さん、モテそうなのに」

「なによ求、そんな褒めちゃって！　何か欲しいものでもあるわけ⁉」

あっさり調子を良くした結愛さんが、バンバン背中を叩いてくる。痛《いて》ぇ……！

でも、これで完全に流れは変わった。

じんじんとした背中の痛みを感じつつ、俺は小さく安堵の溜息を吐いた。

「そりゃあ前までは浮いた話も多少はあったけどねぇ……最近じゃ、それこそ付き合うにも結婚って言葉が頭に過《よぎ》るでしょ？　だからそこまで見越すと一気に理想のハードルが上がるっていうか」

「あー……年収とか、学歴とか、身長とか？」

ネット記事で見たことある気がする。

婚活パーティーとかでも、それぞれ足切りラインがあるとか。

年収一千万円以上、国立大学卒業、身長百八十センチ以上みたいな。

「バカね、そんなのどーだっていいのよ」

「そうなの？」

「アタシが求めるのはねー。楽しくて、落ち着いて、あったかい感じで……一緒にいるのが当たり前だって思える人！」

意外と普通だ……！

まぁでも、結婚相手だもんな。家族になるわけだし、人生の殆どの時間を一緒に過ごす相手だし、特別なことなんて何も必要ないのかもしれない。

「……あれ？」

結愛さんが小首を傾げる。

そして……なぜか、俺をじっと見てきた。

「……なに？」

「それってさ……求じゃない⁉」

「………はぁ⁉」

やっぱり変なこと言い出したぞこの人⁉

「ほら、なんかもう熟年の家族って感じの距離感だし！」

「熟年って……そもそも家族ていうか元々親戚同士でしょ……」

「まぁ、そうね」

やっぱり酔ってるんじゃないか、と疑いたくなる発言だ。

さっきまでの落ち込んだ感じがまるで嘘みたいにテンション高くて……切り替え早いなこの人⁉

「なによぅ。求ちゃんはお姉さんと結婚嫌なわけー？」

「嫌とかそういう以前に──」

「やっぱり朱莉ちゃんとがいい？」

「ブッ！！」

思わず吹き出してしまった。

「な、なんでそこで朱莉ちゃんが出てくるんだよ⁉」

「えー、だっててぇー……同棲、してるんでしょ？」

「ど、同棲……」

「同棲は結婚の予行演習みたいなものじゃない！　朱莉ちゃんと一緒に暮らして、不自由は無いんでしょ？」

「そりゃあ……不自由どころか、大分楽させてもらってるっていうか」

「楽しい？」

「まぁ……うん」

「じゃあもう秒読みね♪」

「それとこれとは全然違う話だろ⁉　第一付き合ってもないわけだし！」

「じゃあまずはお付き合いするところからね♪　どうする？　今日告白しちゃう⁉」

「しちゃわない！！」

結愛さんは根本的な勘違いをしている。

朱莉ちゃんがこの夏限定で俺の家に泊まっているのは俺のことが好きだからとか、そんなんじゃない。

本当の理由が分かってるわけじゃないけれど、それだけは勘違いしてはいけないんだ。

「まったく、強情ねぇ」

「結愛さんがめちゃくちゃなんだよ」

からかわれているのは分かっているけれど、ついバカ正直に意地を張ってしまう。

これぱっかりは小さい頃からずっとそういうやりとりを続けてきた癖みたいなものだろう。

話題的にも、このガキっぽい態度も……本当に朱莉ちゃんがここにいなくて良かった。

「求、アンタは分かんないかもだけどね。今なんてあっという間に過ぎていくのよ。アンタみたいに聞き分けのいい感じで過ごしてたら、後悔するかもしれないわよ」

「それって……経験者は語るってやつ？」

「そうねぇ。生意気な従弟をもーっとアタシ好みにしてやればよかったって後悔はあるかもね♪」

ひえっ……⁉

少しばかりイジったのが癪《しやく》に障《さわ》ったのか、結愛さんは肉食獣のように目を光らせ、ぺろっと舌なめずりまでして、俺の方へとにじり寄ってくる。

そしてあっという間に覆《おお》い被《かぶ》さられてしまった……⁉

「アタシ、気になるのよね～？」

「な、何がですか……？」

「もとむんの中でぇ、アタシがぁ、いつから親戚のお姉さんでなく、女性になるのか♪」

な、なんてこと言ってんだこの人⁉

思いもしなかった発言に、全身から汗が噴き出すのを感じた。

意味が分からなすぎてどう対処するのが正解なのか全然分からない……！

「……何やってんすか」

「っ！！」

「およ？　みのりちゃん？」

た、助かった！！

思わぬ第三者の介入で、結愛さんが動きを止める。

いつの間にかみのりが戻ってきてくれていたのだ！

「…………」

あ、あれ……？　なんだかものすごく冷たい目をしてるけど……これ、本当に助かったんだろうか……？

「お邪魔でしたかね」

「邪魔じゃない！　全然邪魔じゃない！」

「アタシ、水分補給しにきただけなんで」

「そ、そうか！　大事だもんなぁ、水分補給！　ほら、結愛さんどいて！」

結愛さんをどかし、迅速にペットボトルを差し出す。

「ども」

ペットボトルを受け取るも、みのりは容赦なく冷たい目を向けてきていた。

「一応、朱莉には黙っとくんで」

「なんでお前も朱莉ちゃんが出てくるんだよ⁉」

「も？」

「あ、いや……何でもないです……」

つい過剰反応してしまった……。

そんな俺を見てあからさまな溜息を吐くみのりと、爆笑する結愛さん。

前者はともかく、後者はさぁ……！！

「みのりちゃん、楽しんでる？」

「楽しいですよ、普通に」

みのりと当たり前のように会話を始める結愛さん。

もうすっかりさっきまでのことは気にしてないみたいで、なんか釈然《しゃくぜん》としない……。

「普通にかー、そっかそっか。じゃあお姉さん達も参戦しちゃおっかな！　もとむんイジって遊ぶのも飽きたし？」

「好き勝手やって一方的に飽きるとか……」

「え？　飽きてほしくない？　もっといじめてほしい？」

「ぜひ飽きてください！！」

もう今日は駄目だ……大人しくしてよう。

「さーって、行くわよ、もとむ！」

「いってらっしゃい……」

「はぁ？　アンタも来るのよ。違って言ったでしょ」

「いや、でも荷物見てなきゃだし……」

「大丈夫よ。ほら、海辺にいても何か盗もうってしてる人がいたら見えるし。それに貴重品は……これに入れればOKだから♪」

そう言って結愛さんが渡してきたのは防水仕様のポーチだった。

いや、こんなものがあるなら最初から――と叫びそうになったが、ぐっと堪える。

我慢だ、我慢。余計なことを言ったら全部こっちに返ってくる。今日はそういう日だ。

「じゃあ、これはアンタに託《たく》すから。なくさないでよ～？」

「……りょーかい」

あ、みのりのやつがまた溜息吐いてる。

女の尻に敷かれて情けない奴……とでも思ってそうだ。

でも言い訳をするなら、この人は俺にとって姉みたいな存在で、フランクな感じだけど絶対に逆らえない人で……本当に、これまで何度反骨精神を見せて痛い目に遭ったか!

……と、さすがに口にするほどバカじゃない。

「あっ、せんぱーい!!」

ああ、本当にこのメンバーで癒やしをくれるのは彼女だけだ。

朱莉ちゃんはビーチボールを抱きつつ、太陽のような眩しい笑顔を浮かべつつ大きく手を振ってきてくれる――

「やーっぱり、朱莉ちゃんがいいんじゃない!」

「えっ」

「顔に出てたわよ、もーとむん♪」

「う……⁉」

思わぬ指摘を受け、つい口を押さえる俺に、結愛さんはしてやったりと笑っていて……さっき気遣ったことをほんの少し後悔するのだった。

第6話 みんなで温泉旅館を満喫する話

それから、思いっきり海を堪能《たんのう》した俺達は、全員が全員、体力をカラッカラにしつつ、今晩泊まる旅館になんとか辿《たど》り着いた。

疲れている中、僅《わず》かな距離であっても運転してくれた昴《すばる》と結愛《ゆあ》さんには頭が下がる。

昴からは呪詛《じゅそ》のように「お前も免許取れよ～」と言われ続けたけれど、いや、本当にあった方が便利だろうなぁとまざまざ感じさせられた。

もちろん、すぐにとは行かないだろうけど。

「ふいー、疲れたぁ……にしても良い宿だなぁ！」

「だなー」

結愛さんの知り合いが経営する海近くの旅館、くらいしか聞いていなかったけれど、露天風呂のついた立派な温泉宿で俺もちょっとびっくりしている。

もちろん知り合いだからって無料というわけにはいかないみたいだけれど、料金は全て結愛さんが持ってくれるとのこと。

厚遇すぎて逆に怖い。結愛さんのことだし、何か交換条件を突きつけてきそうだ……俺限定で。

「でもてっきり男女同じ部屋ってなるんかと思ってたけど違ったな～」

「いや、なるわけないだろ」

「お前が言う？　朱莉《あかり》と、しかもりっちゃんちゃんとも同じ部屋で寝てるお前がよお！」

「うぐ……！」

ぐうの音《ね》も出ない正論だ……⁉

「てかよ、結愛さんともいとこ同士なわけだし、一緒に寝たことくらいあるだろ？」

「……まぁ」

「もしかして、同じ布団《ふとん》とかで～……いやぁ、そりゃあさすがにないかぁ！」

「………」

「ある反応だな、おい⁉」

「あ、いやっ⁉　でも本当にめちゃくちゃ昔のことだから！」

同じ布団で寝たなんて、小学生くらいが最後で、俺もよく覚えてない。

「お前、まさか……それで耐性が付いて、あのレベルの美人、プラス、あのレベルのスキンシップじゃないと人の好意を感じられないモンスターに育っちまったんじゃないだろうな⁉」

「何言ってんだお前」

「いや、でもその点は負けちゃいねぇ。アダルトな魅力で敵《かな》わなくたって、アイツは天性の大天使イズムがあるからなぁ！」

「大天使イズム……？」

「俺の造語‼」

普段からよく分からないことを言う奴だが、とりわけ今回は意味不明だった。

こればっかりは考えるだけ無駄か。本当にどうして、この兄にして朱莉ちゃんみたいな良い子が育ったのか……。

「さぁさぁ求《もとむ》！　さっさと温泉を堪能して、今宵の宴会に備《そな》えようぜ！」

「宴会……まぁ、そうだな」

風呂に入ったら、こちらの男性部屋に集まって懐石料理を楽しむことになっている。

結愛さん以外未成年の席になるけれど、この旅館をセッティングしてくれた彼女を立てるのは当然で、自然と昴の言うような宴会騒ぎにはなるだろう。

昴は飲む気満々な気配だけれど……口を挟むのは野暮かな。

朱莉ちゃん達がいる手前、ある程度の節度は守らなきゃだけど、折角だし思いきり楽しみたいという気持ちは俺だって変わらないのだから。

◇◇◇

「はー、いい湯だった……」

つい感想が口から漏れる。

でもそれだけこの温泉……すごく良かった。

海水浴で疲れていたってのもあるけれど、年を取るにつれて温泉の良さがどんどん分かってくる感じがする。

そんな感慨に浸《ひた》りつつ、自販機で買ったコーヒー牛乳片手に脱衣所を後にすると、ちょうど広間のベンチに朱莉ちゃんとみのりが座っているのが見えた。

二人も温泉を出たところみたいで、浴衣姿に変わっていた。

「二人とも、お疲れ様」

「先輩、お疲れ様です！」

「です」

「結愛さんは？」

「お知り合いの方に挨拶《あいさつ》するっておっしゃってましたよ」

二人は肩を寄せ合うように脱力している。

これはこれで絵になるというか……邪魔だっただろうか。

「先輩、お一人ですか？　兄は……」

「あいつはサウナで汗流してるよ」

正確には、サウナ、水風呂、クールダウンを繰り返すルーティーンってやつを楽しんでいる。整うってやつ。

俺は正直、あまり良さが分からないので置いてきてしまったけれど、本人は慣れてるみたいだし放っといても大丈夫だろう。

「センパイも立ってないで座ったら？」

「邪魔じゃない？」

「全然そんなことないですよ！」

許可も下りたので、ベンチの空いている方、朱莉ちゃんの隣に腰を下ろす。

「二人は何話してたの？」

「えーと、海楽しかったなーとか、この後も楽しみだねーとかです」

「朱莉はセンパイのことばっかだったけど」

「ちょっ、りっちゃん⁉」

相変わらず朱莉ちゃん、遊ばれてるなぁ。

俺のことばっかってのは冗談だと思うけれど、朱莉ちゃんの性格的に否定するのも俺に悪いとか思ってしまってそうだ。

「ところでセンパイ、可愛《かわい》い同居人の浴衣姿を見て何もないの？」

「あ、いや……えっと……」

みのりがじとっと睨んできて、朱莉ちゃんがごくっと喉を鳴らす。

二人の視線を浴びせられて俺は……正直、どう答えるべきか窮《きゅう》してしまう。

（旅館レンタルの浴衣姿を褒めるのってどうなんだろう……）

彼女らが着ている浴衣は同じシンプルなもの。なんなら同じデザインの浴衣を俺も着てしまっている。

それを似合ってると言われ嬉しいだろうか？　いや、すごく似合ってるけど。もちろん良い意味で。

「……良い感じに大人っぽいね」

そして、そうこう考え抜いた末に出た言葉はこれだった。

良い感じとは？　自分でもよく分からないけれど、浴衣姿が大人っぽく見えるのは確かだ。

「大人っぽい……！」

「つまり色っぽいと」

朱莉ちゃんが嬉しそうに目を輝かせ、みのりが余計な変換をする。

みのりはともかく……朱莉ちゃんの反応を見るに、ベストを引き当てたようだ。

もちろん嘘もお世辞も言っていないし、みのりの言ってることもあながち間違いじゃないけれど……朱莉ちゃんはもしかしたら大人に憧れているのかもしれない。

「えへへ、少しは先輩に近づけたでしょうか？」

「俺？　朱莉ちゃんは俺なんかよりずっとしっかりしてて、大人びてると思うけど」

「そ、そうですか……⁉」

「いや、朱莉は結構子どもっぽいよ。負けず嫌いだし、すぐ顔に出るし」

「う……！」

みのりの指摘に、朱莉ちゃんが怯《ひる》む。

確かに彼女の言うとおり、顔によく出るタイプかも。

「ちょ、先輩⁉　笑わないでくださいよぉ！」

今も顔を真っ赤に染めて、必死に抗議する朱莉ちゃんはちょっと子どもっぽくて、少し安心する。

彼女の前では頼られる存在でいたい……なんて、そんなこと絶対口にはできないけれど。

◇◇◇

温泉で疲れを洗い流し、朱莉ちゃんたちとのんびり談笑し……既に十分すぎるくらいだけれど、まだまだこの小旅行は終わりじゃない。

「わあぁ～！　美味《おい》しそうっ！」

そう朱莉ちゃんが目を輝かせるのも当然な、豪勢な料理がテーブルに並んでいた。

海が近いからだろうか、魚介系が多く、一皿一皿が素人目にも高級だと分かる。

「これ、本当に結愛さん持ちでいいの……？」

「いいのいいの。おねーさんにカッコつけさせなさい！」

既に若干呂律《ろれつ》が怪しい結愛さんがドヤ顔でお猪口《ちょこ》を煽る。

なんでも例の知り合いの方と既に一杯引っかけてきたとか……向こうは一応仕事中ですよね？

「もとむん、昴くん。もちろん勧《すす》めてるわけじゃあないけれど、ここの地酒はすっごく美味しい‼　とは、言っておくわね♪」

「いやそれもう勧めてるみたいなものでは？」

「馬鹿野郎！　お姉さまはただレビューしてくれただけだって！　ねぇ、お姉さま！」

「ねー、昴くん」

昴はやっぱり飲む気満々だ。まぁ、自己責任の範疇《はんちゅう》なので俺は聞かなかったことにした。

問題は――

「地酒……」

「ごくり」

「二人はさすがに駄目だからね」

徳利をじーっと見つめる朱莉ちゃんとみのりにしっかり釘を刺しておく。

「わっ、私は欲しいなんて言ってないですよ⁉」

「まぁ、言ってはいないね」

「ただ、お料理がすごく美味しそうなので、日本酒も合うのかなーって、そのちょっと気になっただけで！」

「合うわよ～」

「結愛さん、煽らないでください」

料理好きな朱莉ちゃんからしたら、もっともらしい理由だけれど……さすがに預かっている身としては、高校生な彼女に酒を飲ませるわけにはいかない。

「センパイ、アタシあれ飲みたい」

「お前は随分ストレートだな⁉」

「セーンーパーイーー」

「もちろん駄目だ！」

さすがに預かっている身としては以下略。

ぶー垂れるみのりだが、こいつの気が向いたときの行動力はバカにできないものがある。

ちゃんと目光らせとかないとな……親御さんとも知り合いで、色々気まずいし。

「それじゃあ、もとむの奮闘に期待しつつ乾杯しましょうか！」

「勝手に楽しまないでくれない⁉」

「かんぱーいっ！」

……と、なんとも不穏な幕開けではあったけれど、そんな不穏さは一瞬で吹き飛ぶほど料理は美味しく、すぐに室内は和気藹々《わきあいあい》とした楽しい空気に塗り潰《つぶ》され、そして——


「うぐぅ……」

「あ、寝た」

一時間くらい経った頃、まず昂が畳に倒れた。

顔はだらしなく緩《ゆる》み、真《ま》っ赤《か》に染まっていて……まぁ原因は明らかだ。

「あらあら。寝ちゃうタイプ？」

対する結愛さんは全然余裕そうだ。酔ってる感じではあるんだけど、一定のところから全然悪化していない。

こういう感じだと、きっと飲むのも楽しいんだろうなぁ……って、今は結愛さんじゃなくて。

「おい、起きろ昂」

「むにゃむにゃ……まだ食べられるぜぇ……」

「そこはもう食べられませんだろ！　ったく、布団敷いてやるから。朱莉ちゃん手伝って——」

「せんぱーい♪」

「へ⁉」

いきなり背後から抱きつかれた⁉

これ……朱莉ちゃん⁉

「えへへ、先輩あったかい……」

「ど、どうしたの⁉」

朱莉ちゃんは俺を思いっきり抱きしめてきて、離れようとしない。

それどころかすりすりと、背中に頬を押しつけてくる。

「結愛さんっ！」

「アタシ、飲ませてないわよ？　ていうかアンタが目光らせてたじゃない」

「そうだけど……」

「雰囲気で酔っちゃったのかしら。ていうか、兄妹揃《そろ》って弱いのね～」

「笑ってる場合じゃないから！　朱莉ちゃん、ちょっと離れて——」

「やです！」

「え⁉」

拗《す》ねたように、しかし確固たる意志で離れようとしない朱莉ちゃん。

いや、酔っ払いだけど。

「……みのり」

力尽くで離すのは気が引けるので、みのりに助けを求めた。

が、みのりは何度か俺と朱莉ちゃんの間で視線を彷徨《さまよ》わせて――

「あー、アタシもよっちゃったかもー」

「お前絶対めんどくさがったろ⁉」

「てつだいたいけどなー、アタシもなー」

気の抜ける棒読みで完全に拒否された。

結愛さんも笑ってるだけで、動こうとしないし……！

「せめて昴に布団敷いてやってくれ……」

「えー……」

みのりは嫌そうに声を上げ、そして――

「よいしょ」

「ぐえっ」

昴を部屋の隅《すみ》に転がした。

「よし」

「いや、よしじゃ……まぁ、いっか」

寝てる分には無害だし、こいつはそっとしておこう。問題は……。

「せんぱい、せんぱいっ」

まるで猫が憑依《ひょうい》したみたいに甘えてくる朱莉ちゃんだ。

あまりに無防備で、可愛くて……正直、みのりと結愛さんの目がなかったら耐えられる自信がない。

「懐《なつ》かれてるわねぇ」

「懐かれてますねー」

とはいえ、この二人も味方というわけじゃない。

生暖かい視線を感じつつ、俺はなんとか自席に戻る……なお、それでもやはり朱莉ちゃんは離れてくれない。

うう、浴衣越しの生々しい感触が……！

「まるでイチャついてるカップルね♪」

「ひゅーひゅー」

完全にオモチャ扱いだ。

否定すべきと思いつつ、変に否定したら余計に沼にはまってしまう気がする。

ここは無視して、奴らが興味を失うのを待った方が——

「いいえ、カップルじゃないです！」

「わお、まさか朱莉ちゃんから否定パターン？」

「わたしたちはぁ……夫婦ですっ！」

「ふうっ⁉」

珍しくみのりが素《す》っ頓狂《とんきょう》な声を上げる。

けれど、それだけの発言だった。結愛さんも、そして俺も驚かずにはいられないほどの。

「わたしは先輩のお嫁さんですっ」

バックハグをしてきたまま、朱莉ちゃんははっきりと繰り返す。

これ……たぶん、海の時のやつだ……⁉

「ひゃー、最近の子は色々早いって聞いてたけど」

「いや、これはそういうんじゃなくて、海で……」

「海？」

「……色々あったと言いますか」

言い出したはいいものの、どう説明すれば良いのか分からなくて、中途半端に言葉を濁《にご》してしまう。

「何がどうなったらいきなり夫婦になるのよ？」

そしてこう返ってくるのも当たり前なわけで……困った。非常に困った。

唯一昴が寝てくれているのは不幸中の幸いかもしれない。

もしもこいつが起きてたら、「いつの間に妹を傷物に⁉」なんて、騒いだに違いない。

「とにかく、あまり本気にしないでください……」

「よく分かんないけどとりあえず写真撮っとこ。はい、朱莉。ピース」

「ピースっ！」

みのりに乗せられ、俺に張り付いたままピースサインを作る朱莉ちゃん。

これ、覚えてたら悲惨だな……。

「でも良かったじゃない。酔ってるとはいえ、くっついてきてくれてるってことは、求のこともそれなりに思ってくれてるってことでしょ？」

「そうなるの、これ……？　ていうか良かったたってどういう――」

「だっていつもすっごく気遣ってるじゃない」

「え？」

「バイト中もすっごい気にしてるでしょ？」

「へぇ、センパイが……」

「ちらちら、熱い視線向けてるのよ、この子。仕事中だってのに」

そ、そんなに見ていただろうか……⁉

確かにちゃんと勉強に集中できているか気になることはあるけれど。

でも、そもそも朱莉ちゃんは俺のバイト中に部屋に一人でいるのが良くないと思って『結《むす》び』まで来てくれているわけで……つまり、付き合わせているのは俺なのだから、居心地悪くないか気にするのは当然のことであって……！

「ちゃんと大事にしてくれてるんだ、アタシの親友のこと」

「ぐ……」

明らかにからかうような口ぶりだけど、否定すれば朱莉ちゃんをぞんざいにしているって言うような感じがして、何も言い返せない。

「わたしもーせんぱいのことーいっつも見てますよぉー」

「じゃあ相思相愛だね」

「それはいーすぎだよぉ、りっちゃん～」

どんどん朱莉ちゃんの呂律が怪しくなっていく。

酔いがさらに回って……いや、酒を飲んでるわけじゃないし、眠気だろうか。

「わたしー、せんぱいの働いてる姿を見るのが大好きなんですぅ……」

「そ、そうなんだ」

大好き、という言葉に心臓がばくんと跳ねた。

もちろん、そういう意味じゃないって分かってる……分かってるけど。

「すごくかっこよくて、まぶしくて……他のお客さんについ、しっとしちゃうくらい……」

嫉妬《しっと》……？

「あぁ、意外といるのよね、求目当てのお客さん」

「え……そうなの？」

「そうよ。なんたって顔はまぁまぁそこそこだからね。半分はアタシと同じDNAが流れてるわけだし」

「まぁまぁそこそこ……」

「うん、アタシのお兄ちゃんなわけだし」

「お前とはまったくDNA被《かぶ》ってないだろ」

喜んでいい評価かどうか以前に、またからかわれているだけだってのはわかった。

「せんぱい……いっしょにはつひので見ましょうね……」

「う、うん……？　初日の出？」

「すぅ……すぅ……」

「あ、寝た」

朱莉ちゃんは俺の背中に抱きついたまま気持ちよさげな寝息を立て始めた。

とりあえず、嵐は去った……だろうか？

「……結愛さん、朱莉ちゃん寝かしてくるから鍵貸して」

「ほーい」

さすがに昴みたいに雑に部屋の隅へ転がしておくわけにもいかない。

俺は朱莉ちゃんを負ぶったまま鍵を受け取り、隣の女性部屋に向かった。

◇◇◇

女性部屋にはキレイに布団が三組敷かれていた。

俺達の部屋で騒いでる間に旅館の人がやってくれたんだろう。だから結愛さんも俺達の部屋でやるのを提案したのか。

「朱莉ちゃん、下ろすよ」

聞こえていないと思いつつ、ゆっくり彼女を下ろし、布団に寝かせる。

浴衣が乱れていて目のやり場に困ったけれど、すぐさま掛け布団を被せることでなんとかやりすごす。

「せんぱぁい……」

「あ……もしかして起こしちゃった?」

朱莉ちゃんが寝ころんだまま、俺の手を握ってきた。

瞼《まぶた》も少し開き、ぼやぼやした目を向けてきている。

「なんか、ぽーっとします……」

「きっとたくさん遊んだから疲れたんだよ。今日はゆっくりお休み」

「そんな、こどもみたいに……」

寝ぼけながらも、子ども扱いされることに抗議するように頬《ほお》を膨《ふく》らませる朱莉ちゃん。

その仕草が本当に子どもっぽくて、ちょっと面白い。

「せんぱい」

「ん?」

「あたま、なでてください」

可愛らしいおねだりに従うと、朱莉ちゃんはふにゃっと嬉しそうに表情を崩した。

普段しっかり者の彼女も、今はただの甘えん坊だ。

あまりのギャップについぐらつきそうになってしまう。

「そばにいてくださいね、せんぱい」

「もちろん」

朱莉ちゃんは俺の手を取り、両手でぎゅっと握ったまま頬に当てた。

柔らかく、温かい。ずっと触れていたい、けれどとても危険な感触に、思考が溶けてしまいそうだ。

そんな俺の葛藤《かっとう》も知らず、朱莉ちゃんは笑顔を緩め、ゆっくり眠りに落ちていき――

間もなく穏やかな寝息を立て始めた。

「ふぅ……」

握られたままだった手を慎重に解《ほど》き、ようやく解放された俺は、頭の中にこもった熱を冷ますように深く溜息《ためいき》を吐《つ》いた。

いつの間にか背中に凄《すご》く汗をかいていた。それだけの激戦だったのだ。でも、耐えた……！

「襲った？」

「襲ってないっ‼」

突然の、心臓を鷲摑むような言葉に、全身の毛が逆立ったような錯覚《さっかく》を覚えた。

「しー」

「うっ……！」

人差し指を口に当てるみのりに諭され、慌てて口を押さえる。

当然手遅れだったけれど……朱莉ちゃんに目を覚ます様子はなかった。

「慌てすぎ」

「……誰のせいだ、誰の」

「もしかしたらお邪魔だった？　お兄ちゃんがそれだけ余裕ないの初めて見たかも」

みのりはからかうように口角を上げる。

否定したいけど、彼女の言っていることが正しいと証明するみたいに、俺の心臓はバクバクと跳ねていた。

「まぁ、朱莉の頑張りもちゃんと効いてるってことかな」

「……どういう意味？」

「そのままの意味。あとお兄ちゃんも男だったんだなって」

「男だからお兄ちゃんなんだろ」

みのりは笑みを浮かべていたけれど、どこか寂しげに見えた……気のせいだろうか。

「ていうか、なんでお前こっちに？」

「いや、アタシの部屋でもあるから。もう寝ようと思って」

「あ、そっか」

「お兄ちゃんが朱莉を襲おうっていうなら、出て行くけど」

「するわけないだろ……！　じゃあ、後は任すからっ」

「へーい」

ああ、絶対に動揺が顔に出てしまっていた。こんなんだからオモチャにされるんだろうか。

はぁ……俺もさっさと寝よう……。

「……求くん、い、」

「んぁ……？」

「アタシは妹だから、こんなことしか言えないけど……朱莉のこと、幸せにしてあげてね」

「……え？」

「そんじゃ、おやすみ」

「ちょ……おい⁉」

みのりに部屋から押し出され、そのまま扉も閉められてしまう。

なんだか意味深な発言に首を傾《かし》げつつ、けれどなんだか追及するのも変な気がして、俺は釈然としないままその場を後にした。


「あーっ、もとむん帰ってきたー！」

「忘れてた……‼」

みのりと一緒に来なかった時点で気付くべきだった。

部屋には完全にのんだくれモードへと移行した結愛さんと……相変わらず隅で気持ち良さげな寝息を立てる昴の姿があった。

「ほれほれ、もとむん！　おねーさんと思う存分語らおうぞ！」

「念のため聞くけど、結愛さんは寝ないわけ？」

「さぁ？　体力使い切ったら寝るんじゃないかしら？」

「それ気絶するって言うんだよなぁ……」

「めんどくさいこと言ってないで観念してお姉さんの抱き枕になりなさいな。旅館の人には、この部屋は朝までこんなんだから食器片付けなくていいし、布団も敷きに来なくていいって言ってあるから♪」

「計画的だ⁉」

そこまでの自由、普通の旅館なら許されないけれど、ここにきて結愛さんの知り合いがやっているという伏線がさらに効いてきた……⁉

この旅館に足を踏み入れた時点でこうなることが決まっていたんだろうか。

「もとむーん、おねーさんのお猪口、渇《かわ》いちゃってるんだけどー？」

「……はい、注《そそ》がせていただきます」

そんなこんなで結局、俺は結愛さんが宣言どおりぶっ倒れるまで付き合わされることになってしまうのだった。

第7話 友人の妹と寝落ちしてしまう話

「「ふぁ～あ……」」

朝、日光を浴《あ》びつつ堪《こら》えられない欠伸《あくび》を漏らす俺……と、朱莉《あかり》ちゃん。

「すみません、先輩……寝かせてもらったはずなのに、なんだか眠くって……」

本当に申し訳なさそうに謝ってくる朱莉ちゃんは、唯一先に寝たことを謝ってきてくれていた。

昴《すばる》なんて、「おはよう求《もとむ》ぅ！　今日も良い朝だなぁ！　あれ？　なんかお前顔色ちょっと悪くね？　ま、どうでもいいけど!!」と、ケンカを売ってきたのでつい買いそうになってしまったくらいなのに。

「朱莉ちゃんは本当に良い子だね」

「えっ！　あ、ありがとうございます……！」

朱莉ちゃんが眠そうなのは、雰囲気酔《ふんいきよ》いのせいでずっと眠りが浅いままだったからかもしれない。

というか彼女は元々体力低めだし、海では相当はしゃいでいたから、ちょっと寝たくらいじゃ万全とはいかないっていうのもあるだろう。

「あの……先輩。昨日、その……大丈夫でしたか？」

「え」

「私、途中からあまり覚えていないというか、ぼんやりしてるっていうかで……」

「あー……そうなんだ？」

それは良かった。いや、本当に。

昨晩の朱莉ちゃんの様子はとても本人が知って正気でいられるものじゃなかったからな。

雰囲気で酔って、記憶も無くすというのは、別の意味で心配にはなるけれど。

「でも、うっすらと先輩を困らせてしまった気がして……」

「そ、そんなことはないんじゃないかな⁉」

「心なしか動揺が見えますが……？」

いや、まぁ、困ったと言えば困ったけれど、役得であったとも……いや、良くない。

考えるな、俺。

「とりあえず……朱莉ちゃんは、お酒には気をつけた方がいいかもね？」

「すっごい不安なアドバイスなんですが⁉」

「まぁ、一応だから。一応」

「うー……じゃあ、先輩」

朱莉ちゃんは少し拗《す》ねたみたいに唸りつつ、俺を上目遣いに見てくる。

「私が初めてお酒を飲むときは、先輩と飲むようにします……！」

「えっ⁉」

「昨日の私がどんなだったのか、りっちゃんも結愛さんもニヤニヤするだけで教えてくれませんし、兄は寝てたって言うし……こうなったら、先輩には思いっきり迷惑を掛けちゃうことにしますからっ‼」

他の連中のツケも全部俺に回されるのか……⁉

いや、まぁ、うん。ツケって言うほど悪いものじゃないけど。

「うん、分かった」

「えっ⁉　いいんですかっ⁉」

頷くとなぜかすごくビックリされてしまった。

「それって、二十歳の誕生日、一緒にお祝いしてくれるってことですよね⁉」

「あれ……そうなるの？」

「そうなりますっ！」

そうなるらしい。

しかし成人の誕生日か……なんだか責任重大な気がしてきた。

「あ……でも！　でもですね⁉　私だけ祝っていただくのも悪いと思うんです！」

「いや、そんなことないけど」

「あるんです！　だから……私も先輩のお誕生日、一緒にお祝いしますっ！」

「え」

「もちろん、先輩が嫌でなければですけど……」

「嫌なんかじゃないよ」

不安で泣いてしまいそうな顔を見せられて拒絶なんてできるわけもない。

二十歳の誕生日なんてまだまだ先の話だし、気にしすぎることもないと思うけれど、

「ありがとうございますっ！　楽しみにしてますね！　プレゼントも頑張るので！」

こうも嬉しそうにされたら、とても気を抜いてはいられないな……。

女の子の喜びそうなプレゼント、俺も考えておかないと。

「よっ！　二人とも何の話してんだ？」

「お兄ちゃんには内緒！」

「んなっ⁉　俺の朱莉が反抗期に……？」

「元々何でも話すわけじゃないし……ていうかお兄ちゃんのじゃないから」

「朱莉、アタシにも？」

「う……これぱっかりはりっちゃんにも内緒！　先輩、誰にも言っちゃダメですよ？」

「う、うん。分かった」

まぁ、元々みんなでってニュアンスでもなかったから、そこは大丈夫。

でも……、

――せんぱーい♪

二人きりのときに、昨日のあの感じで来られたら……いよいよ『兄の友人』という立場を保てる自信がない。

今のうちからしっかり対策を考えとかないと……正直、何を準備しても圧倒的なパワーで突破されてしまいそうだけど。

「おっまたーっ♪　チェックアウト終わったわよん！」

旅館から結愛《ゆあ》さんが出てきて、会話が中断される。

ていうかこの人、絶好調だな……昨日ずっと起きてて、俺と同じくらいしか寝てないはずなのに。

「ああ、帰りの運転は気にしないで。ちゃーんとアルコールが抜けるよう、ばっちし計算してたから♪」

「マジか！　大人ってすげぇ……！」

「大人じゃなくてお姉さんが凄《すご》いのよ、昴くん♪」

「さすがっす、お姉さま！」

この二人、地味に相性いいよなぁ。昨日も昴が起きててくれれば俺も寝れた……こともないか。どうせ人柱が増えただけだ。

「じゃあ、あとは帰るだけね。よっし、朱莉ちゃん、みのりちゃん！　乗り込みなさいっ！」

「あー……お姉さま。それなんすけど……朱莉、こっちに乗せさせてもらえないっすかね？」

「お、お兄ちゃん？」

「そりゃあせっかく免許取ったんで、兄としてカッコイイ運転姿を見せてやりたいんで！」

「ほうほう。それは大事ね！　じゃあ、求とチェンジ……いやぁ？」

結愛さんが何かを閃《ひらめ》いたみたいに、にたぁっと笑う。

「じゃあこっちはみのりちゃんと二人きりで、ドライブデートでも楽しみますかぁ！　ね、みのりちゃん？」

「はい」

……？　やけに聞き分けが良いな。なんか、あまり良い予感しないけど。

「中学時代の求の話、じっくり聞くチャンスだし！」

「そんな理由⁉」

「お姉ちゃんとして当然よ。別に求の恥ずかしいネタを仕入れて、思いっきりイジってやろうなんて思ってないから♪」

「思ってる人しかそう言わないんだよなぁ……」

「アタシもセンパイの幼い頃の恥ずかし話を仕入れるのは妹として解析度が上がるので望むところです」

「恥ずかしい限定かよ……」

できることなら止めたいけれど、カロリー消費の高い二人が向こうに固まってくれるなら、すぐにでも寝たい俺としてはありがたかったりもする。

朱莉ちゃんも眠そうにしているし、ありがたくこの流れに乗らせてもらおう。

「じゃあ、昴。よろしく頼む」

「おーよ！」

こいつのことだ。何も考えてない感を出しつつ、なんやかんやで眠たそうな朱莉ちゃんを気遣ってるのだろう。

ぐっと親指を立てて返事する親友の姿が、今日ばかりは普段の五割増しくらいに頼もしく見えた。

◇◇◇

もう、夏休みも残り少ない。

俺のではなく、朱莉ちゃんのという意味でだけど。

高校生の夏休みと、大学生の夏休みじゃ倍くらい期間が異なる。

九月中まで夏休みが続く俺達と違って、朱莉ちゃんの夏休みは八月で終わり、彼女も地元へ帰ることになる。

彼女にとって、この八月はどう思えるものなんだろう。

楽しかっただろうか。有意義だっただろうか。退屈ではなかっただろうか。

八月もあと一週間程度……俺は彼女に、いったい何をしてあげられるんだろうか。

朱莉ちゃんと、昴と、他愛のない会話をしながら、ふとそんなことを思った。


俺は楽しい。朱莉ちゃんが来てくれて、そりゃあ女の子と一緒に暮らすなんて初めてで、緊張感ものすごくあるけれど……本当に毎日が楽しいんだ。

けれど、それは俺が朱莉ちゃんからたくさんのものを貰《もら》っているからで、朱莉ちゃんにとっても同じだとは限らない。

(もっと、朱莉ちゃんのことが知りたい)

そんな風に思うのは生まれて初めてかもしれない……そう思えるほどに強い欲求が、俺の中で、毎日少しずつ大きくなっていっている。

……なんて、不審《ふしん》に思われそうだから口にはできないけれど。

「ふぁ……」

「大あくびだな、求」

「いや、嚙み殺したろ」

「眠いなら寝てていいぞ？　朱莉もな」

「ふえっ⁉」

びくんっと、直前まで船を漕《こ》いでいた朱莉ちゃんが跳ねる。

昴のやつ、どうやら俺と朱莉ちゃんが寝不足なのを見越して、このチーム分けを提案したっぽい。

二人とも後部座席に座らせてくれた時点で十分察するところだったけど。

「じゃあ、お言葉に甘えようかな。なんかあったら起こしてくれ」

「あいよーっ！」

「それじゃあ私も……お兄ちゃん、ごめん——じゃなくて、ありがとう」

「へへっ、いいってことよ！」

背もたれに体重を預け、脱力して目を閉じる。

ああ、これだけでもう簡単に眠れそうだ。

不意に、左手に温かな何かが触れた。

それが何か、ろくに考えることもできないまま、つい、思わず俺も握り返していた。

なんだかすごく落ち着く……不思議だけど、すごく心地いい。

「ったく」

まどろみの中で、昴の声が聞こえた。

「こうして見てりゃ、これ以上なくお似合いなんだけどな」

どこか呆《あき》れたような、照れくさそうな声を聞きながら……俺は落ちるように意識を手放したのだった。

番外編

アタシとセンパイと親友のはなし

アタシが初恋を自覚した時に、既《すで》にその恋は終わってしまっていた。


中学生になったアタシは、陸上部のマネージャーになった。

陸上が好きだったとか、頑張る選手を応援したいとか、そんなモチベーションがあったわけじゃない。

楽そうだから——ただ、それだけだ。

中学では部活動への参加は必須で、でも普通に活動に参加するのは面倒くさい。

だから、マネージャーという脇役を選んだ。それが陸上部だったのは、野球部とかサッカー部とかに比べて機材が少なく、仕事も少なそうだったからだ。

それが思惑通りだったか、逆に面倒を引き当てていたかは、他の部活動を体験してないから分からないけど。

でも、アタシは、ここで——出会った。

——桜井《さくらい》。

そうだ。最初はアタシのこと、そう名字で呼んでいたんだっけ。

人畜無害な雰囲気《ふんいき》で、人当たりのいい爽《さわ》やかな顔立ちで、案外華奢《きゃしゃ》で……第一印象は、なんか逆に胡散臭《うさんくさ》いみたいな。

白木求《しらぎもとむ》。

アタシの一個上のセンパイで、後のお兄ちゃんで、知らない間に置き忘れた初恋の人だ。

◆◆◆

陸上部のマネージャーになって、指示された仕事を適度にやって……でも、大半は暇《ひま》な時間で。

その暇な時間も、読書したりケータイを弄《いじ》ったりが許されるわけじゃないので、走る選手たちを眺めるしかないんだけど——その中でも一番目に付いたのがセンパイだった。

ただの公立校の運動部だ。部活動強制参加という呪《のろ》いもあって、全員が全員、まじめに部活に打ち込んでいるわけじゃない。

適当に流す人、こっそりサボる人……個人競技だから特に注意されるわけでもない。

アタシも似たようなものだし、別にどうだっていいんだけど……だから、気になった。

誰に強制されるでもなく、ストイックに走っているあの人が。


初めて話したのは、ちょうど走り終えたセンパイに、なんとなくドリンクを注《そそ》いだ紙コップを渡してみたのがきっかけだった。

「ありが……とう？」

センパイは、紙コップを見て微笑み、次にアタシの顔を見て固まり、そしてまた紙コップを、今度はどこか警戒する感じに見つめる。

「……なんすか。毒は入ってないですよ」

「ああ、いや……ありがとう」

今度こそ受け取って、一気に中身を飲み干す。

疑ってたわりに、いい飲みっぷりだ。

「桜井、だよな。一年の」

「はい」

「さっきはごめん。なんか意外だったから。桜井って、こういうのするタイプじゃないだろ」

「ええまあ。よく見てますね」

「マネージャーは少ないから、よく目に入って」

なんだか、自然と雑談する感じになってしまった。

元々ドリンクを持ってきたのはアタシなんだけど、そこはかとない面倒くささもある。

ちなみにマネージャーが少ないというのは、確かにそうだ。

選手は男女合わせて三十人くらいいるけれど、マネージャーは女子が三人だけだから。

「桜井はあまりやりたくてやってる感じじゃないだろ。だから面白い……いや、変だなと」

「言い直した方がキツくないっすか」

「かもな」

いつの間にか、校庭そばの花壇の縁にがっつり座り込んで話していた。

後々知ることになるけれど、この人はこういうところがあるのだ。人畜無害そうな爽やかな笑顔と、それに似合わない強引さで、いつの間にかペースに乗せられる。

「うちは部活強制だろ。でも嫌々参加するなら、そういった生徒の受け皿になる、もっと緩い部活は他にあると思うんだよな」

「ここのマネージャーも緩いですよ」

「はっきり言うなぁ。でも、拘束時間は長いだろ」

「……アタシ、集団行動が嫌いなので」

キツいより緩い方が好き。

でも、緩いことでの連帯感とか、仲間意識とか、そういうのは嫌い。

だから、人数の少ないマネージャーの方が良かった。

「しんどい二時間より、気楽な四時間の方がマシだと思ったんです」

「なるほど……分からなくもないな」

「センパイがですか？」

「そりゃあ俺だって楽な方が好きだし、しんどいのは嫌いだ」

信じられない。

この部の誰よりも休憩を削《けず》って、トレーニングに打ち込んでいるのに。

……きっと気を遣って、適当に話を合わせてくれているんだろう。余計なお世話だけど。

「その割に頑張ってますよね」

でも、アタシの口は空気なんか読めずに、生意気に聞いてしまう。

あわよくば、この人の余裕を崩してやろうなんて企《たくら》みながら。

「楽しいからな」

「でも、ただ走るだけなんて逆にあんまりないだろ?」

「たしかに」

「試しに桜井も走ってみるか?」

「え」

自然に手を掴まれてしまう。

あまりに、当たり前に……だから、アタシも自分からお尻を浮かせてしまって、一歩、
二歩——

「え、遠慮します」

「っと」

慌てたものだから、叩くみたいに払ってしまう。

「アタシ、制服ですよ」

「ああ、確かに」

ちょうどいい言い訳があったことに安堵《あんど》する。

今日はたまたま、体操着を洗ってしまっていたから……もしも、今日そんな言い訳がなかったら、アタシの人生はガラッと変わっていたんだろうか。

そんな疑念を、安堵を、後悔を……アタシは抱き続けることになる。

◆◆◆

なんとなくをきっかけに始まったアタシと白木求センパイの〝雑談〟は、それからもちょいちょい起きて、少しずつ頻度《ひんど》も増えていった。

センパイと過ごす時間は案外心地よくて、退屈な部活動における唯一楽しみな時間にさえ感じられるようになっていた。

「お疲れ様です、センパイ」

「おー」

「はい、ドリンクとタオル。可愛《かわい》い後輩の健気な奉仕を噛《か》み締《し》めてくださいね」

「なんだそりゃ」

ついつい軽口を叩いてしまうのは、センパイに対してくらいだ。

明らかに会話に必要ない無駄を付け加えてまで、相手の反応を見たいなんて、普段のアタシじゃありえないのに。

「今日もタイム縮《ちぢ》まんなかったなー」

「相も変わらずストイックですね」

「まあ、やってみるって決めたからな」

意外にもセンパイが陸上部に入ったきっかけは、なんとなくだったらしい。

何か確固たる意志があってのものでないのは意外だったけれど、しょうもない理由には親近感が湧く。

でも、やると決めたからには全力でやるっていうのはアタシと違って、眩《まぶ》しい。

目指すのは常に最速タイムというシンプルなもの。ただの公立中学の部活動で、指導者がいるわけじゃないけれど、本を読んだり、動画を見たりして、色々試《ため》しながら毎日走ってるらしい。

きっかけはなんでもいい、とセンパイは言っていたけれど……まぁ、アタシはこうはなれないなー、と思いつつ——

「センパイ、アタシ手伝いますよ」

なんて、気が付けば言っていた。

「え」

「……なんですか、不満ですか」

意外そうに目を丸くするセンパイに、アタシも内心同意する。

こんなのアタシのキャラじゃない。

でも、口にした言葉はもう引っ込められなくて、逆ギレするみたいに睨みつけた。

「不満じゃないけど、なんか悪いものでも食った？」

「嫌ならやめますよ」

「ああっ、待った！　嫌じゃないから！」

少し逃げる素振りを見せると、センパイは慌てて手首を掴んで止めてきた。

「嫌じゃない？」

「えと……ありがとうございます。嬉しいです。ぜひお願いしますっ！」

「うん、じゃあそこまで言うなら」

こうして、アタシの趣味に『陸上系の情報、動画を漁《あさ》る』ていう項目が増えた。

元々オシャレとかグルメとか、どーでもいいことを眺めていただけの時間を少し回すだけ――だったんだけど、どんどんこの陸上は、いや〝センパイ〟のウエイトは、アタシの中で大きくなっていくことになる。

「……たく、センパイ。強く握りすぎだし」

センパイに掴まれた手首には、変な熱さがまとわりついていた。

◆◆◆

「センパイ、熱入れすぎですよ。もう暗いですから」

いつしか、アタシはセンパイの専属マネージャーみたいになっていた。

センパイは陸上部の中で真面目な方から、いつの間にか一番一生懸命なヤツになっていて。

その全力で打ち込む姿は、なんだか危なっかしくて、アタシのケータイには『トレーニング後のケア』に関する検索履歴がびっしり並ぶようになっていた。

「もう終わりかー」

「みんな帰っちゃいましたよ」

「桜井も帰ってよかったのに」

「帰ろうと思ってましたよ。ただ……枝毛が気になって」

アタシの言い訳にならない言い訳に、センパイはにやっと笑う。

よかった、いつものセンパイだ。

「で、枝毛は見つかった？」

「……もう少しかかるんで、センパイはさっさと帰る支度してきてください」

「はいよー」

更衣室に入っていくセンパイを見送り、扉の脇に座り込む。

帰ってもよかったけれど、どうせ家には誰もいない。

だったら今帰ろうが、もう少しセンパイをいじって遊ぼうが大した違いはない。きっと。

「桜井ー、まだいるー？」

更衣室の中からセンパイが呼びかけてくる。

もし無視したら帰ったたって思って恥ずかしがるかな、なんて思ったけれど、

「いますよー」

それはちょっと可哀想《かわいそう》なので、ちゃんと返事してあげる。

「今日さ、お前んち親いんのー？」

「いませんけど。なんですか、泊まる気ですか」

「いや、だったらうちで晩飯食べてかないかってさー」

「センパイの家で？」

なんでも、センパイがご両親に、最近遅くまで練習に付き合わせている後輩（アタシだ）がいると漏らしたらしい。

それで遅くまで付き合わせてるお詫《わ》びとして、晩御飯にお呼びしたらとなったとのこと。

「迂闊《うかつ》でしたね、センパイ」

「いや、アイディアは母さんだけど、俺もいいと思ったんよ。いつもコンビニとかで適当にすませてるって言ってたろ」

「……まぁ」

そういえばセンパイにはそんな感じに愚痴《ぐち》ったことがあった。

何度か。何度も。

だからセンパイは気にして、考えてくれたのかもしれない。

「………………」

何か言おうとして、口を閉じて、また開いて、閉じる。

お礼を言うのも変だし、皮肉を言うのも変だし。

なんだか、よく分からない。

「待たせたな。じゃあ行くってことでいい？」

「……行きます」

同じ学区内だからセンパイの家はそんなに遠くない。

アタシの家からも歩ける距離だし、少し足を運ぶのもいいだろう。

なにより、この人を弄るネタの一つや二つ手に入るだろうし……不思議とわくわくしてるのはきっとそれだ。

◆◆◆

「……センパイのお母さんって、なんか結構強引すね」

「……だな」

まさかの展開である。

センパイのお母さん、実は保護者会でうちの親と知り合っていたらしく、今日は親公認で泊まることになってしまったのだ。

「息子ながら、あの行動力には驚かされてばかりだ」

「ていうか、センパイの部屋で寝るんすか⁉」

「他に部屋ないからなぁ。友達泊めるときもいつもこうだし」

ベッドと布団という高低差はあるものの、一つ下の女の子を同じ部屋で寝かせるというのはどうなんだろう。

まあ、アタシもセンパイも、互いに異性なんてものはあまり意識してない感じだけど。

センパイは男子っていうか——センパイって感じだ。

「にゃあ」

「っと、ノワール？」

センパイの足をがりがりと黒猫が引っかいている。

この家で飼われているノワールという名前の猫だ。

なんとなく頭が良さげで偉そうな印象のこの猫は、端から見てもはっきり分かる程度にセンパイが大好きだ。

食事中もセンパイの膝の上で丸まってたし、今も「構え」とサインを出している。

「後で遊んでやるからなー」

「にゃあ」

センパイがそっと頭を撫でると、ノワールは身をぐにっとよじり、くすぐったそうにした。

正味、「あたしが遊んでやってんのよ。しょうがない飼い主ね」なんて思ってそうな、そんな感じ。

照れ隠しするようにセンパイの手を逃れて、しゃなりしゃなりと部屋から出て行く。

なんか、すごい自由だ。

「可愛いヤツだろ？」

「そっすね」

「ん、猫は嫌いか？」

「好きでも嫌いでも。がっつり関わったのは今日が初めてです」

「そっかー……まあ、ノワールは人見知りだからな。ちょっと愛想は悪い方だ」

可愛いなんて言うくせに、愛想が悪いとも言う。

褒めつつ貶《けな》すのは、なんか理解してるって感じがした。

「あ、スウェット借りてすみません」

「別に悪いなんて思ってないくせに」

「だって、服を取りに行く時間もなかったから。それにブカブカだし。なんか臭《にお》うし」

「悪かったって。そりゃあ俺のなんだからお前にはデカいだろうし、臭《くさ》いのは俺んちの洗剤のにおいだろ」

深々と溜息《ためいき》を吐《つ》きつつ、センパイがアタシの寝る布団の準備を終える。

「ほい、完成」

「どーもです」

「にゃあ」

「あ、一番乗りが……」

センパイが用意した布団に、アタシより先に、いつの間にか部屋に戻ってきていたノワールが乗っかって丸くなる。

「一番乗り？」

「別に大した意味はないですけど。……可愛くないヤツ」

スリムな体を指でつつくと、生意気な黒猫は尻尾で手を叩いてきた。なんて生意気な。

◆◆◆

年末が近づいて、すっかり寒くなった。

年越しなんて随分早いなーなんて思うのは、実際中学生になってからは八ヶ月とすこししか経ってないからだろう。

去年と言わず、今年の最初の方にはまだランドセルを背負っていたなんて、自分でも信じられない。

それくらい、アタシにとってこの一年は意外なほどに濃密だった。その原因が忌《い》むべきと思っていた部活動強制参加という悪習からだったなんて。

（雪……）

外を見れば、まばらに雪が降り出していた。

今日は部活動の日だけど、たぶん中止だ。怪我《けが》のリスクがあるのに練習を強制するほど、うちの陸上部はストイックでもブラックでもない。

（センパイ、今日どうしてるんだろう）

次に考えたのはそれだった。

あの人なら暇だしロードワークでも、とか言い出しそう。

『今日どうするんですか』

とりあえずそんなメールを送って、買ったばかりのダッフルコートを羽織《はお》り、マフラーを首に巻き付ける。

今日は寒いから、家でのんびりテレビでも観るとかだったらいいな。

「あの、桜井さんっ！」

「ん？」

突然声をかけられ、顔を上げる。

いたのは同じクラスの男子だ。名前は、ええと……。

「桜井さん、好きです！　俺と付き合ってください！」

「…………」

突然の告白に、アタシは自分の顔が少し歪《ゆが》むのを感じた。

マフラーがなければ、への字に歪んだ口元を見られて、不機嫌なのがバレただろう。

その方が好都合かもしれないけど。

告白されるのは珍しいことじゃなかった。中学に入って何回か経験がある。

だいたい、顔が良いとか胸が大きいとかそんな理由で、とりあえず親に感謝しとくかーくらいしか思わないんだけど。

「ゴメンナサイ」

そしてとりあえず断る。

アタシはあまり恋愛が分からない。初恋だってまだだ。

なのに、名前くらいしか知らないクラスメートと付き合うなんてそんな面倒なこと、このアタシがやるわけがない。

「付き合ってる人、いるとか？」

「ゴメンナサイ」

なんでアタシが謝らなくちゃいけないのか……と思いつつ、ケータイを見る。

センパイからの返事はまだない。暇人のくせに。

「あの、白木って二年生？」

「……は？」

自分でもビックリするくらい低い声が出た。

向こうは怯《おび》えたように後退《あとずさ》るけど、でもムキになったみたいにまた口を開く。

「陸上部でいつも一緒なんだろ。でも先輩が言ってたぞ。お前と白木って人、付き合ってるってより、兄妹みたいだって！」

「……」

あの人とアタシが兄妹？

……考えたこともなかった。アタシ、一人っ子だし。

ふーん、なるほどー、そっかー。

端から見れば、アタシたち、そう見えるのか。

「第一、あの人、先輩たちも変だって言ってたぞ！」

「……」

変？

ああ、そういえばセンパイ言ってたな。

うちの陸上部はほぼ二分化してて、頑張る人と頑張らない人がいるとか。

大した目標もないし、強制もされないのに、ストイックに頑張ってるセンパイたちは、頑張らない人たちに変人扱いされてるのだとか。あんまり否定できない。

でも、だからって、こんな見ず知らずのよく分からないヤツにセンパイを変人扱いされるのは気持ちよくない。

なんだかイライラする――

――ブーッ。

「あ」

ケータイが震えた。すぐに開くと、思ったとおりセンパイからの返信だった。

「おい、桜井！　聞けよ――」

「邪魔」

センパイ、今日は家で試験勉強をするらしい。

しめしめ。せっかくだしちょっと顔出して邪魔してやるか。

アタシはさっきまでのイライラをどこかに投げ捨てて、少し早足でセンパイんちに向かった。

◆◆◆

「へー、良かったじゃん……いたっ⁉」

センパイんちに上がりこんで、さっきのことを報告すると、そんなテキトーな返事をされたので、思わず枕を投げつけてしまった。

「告白されて傷ついた後輩に優しい言葉もかけられないんですか」

「どちらかというと傷ついたのは告白してフラれたほうじゃね」

「登場人物外のことは考慮してないのでー」

「さらっと酷《ひど》いな」

「そんなことより、なんで勉強なんてやってるんですか」

センパイのベッドに寝っ転がりつつ、抗議してみる。

勉強してるのは知ってはいたけれど、来たら来たで味気ない。

「ゲームしましょ。ゲーム」

「お前なぁ……期末前だぞ？」

「アタシ、要領良いんで」

「俺は前回あんま良くなかったから余裕ないの」

つれない態度にちょっとむっとしたアタシは、ちょっとベッドから身を乗り出して、センパイの肩に足を乗せる。

すぐ鬱陶《うっとう》しげに払われたけど。

「可愛い後輩が遊ぼうって言ってるのに」

「勉強しろよ、可愛い後輩」

「そういやセンパイ」

「無視かい」

「アタシに告白してきたヤローがですね、アタシとセンパイが兄妹みたいだとかなんとか言ってやがったすよ」

「兄妹？」

センパイがこちらを振り返り、首を傾《かし》げる。

「俺とお前が？」

「アタシとセンパイが」

「……俺が兄だよな、一応」

「もしかしたらアタシが姉かも。ほら、よくセンパイのワガママに付き合ってあげてるじゃないですか」

「否定できねぇ」

ワガママとは当然陸上部でのことだ。

放っておけばオーバーペース待ったなしなセンパイの手綱《たづな》を握ってあげるのもアタシの役目なのである。

「俺、一人っ子だからよく分かんねぇな」

「アタシと同じこと言ってる」

あれ、アタシは思っただけだっけ。まあ、どっちでもいっか。

「世間じゃ俺とお前みたいなのを兄妹と表現すんのか。確かに……あんまいないな、お前みたいなヤツ」

「じゃあセンパイじゃなくて、オニーチャンって呼んだ方がいいすか」

「なんか棒読みだなー」

に。

「はー、センパイはやっぱりセンパイセンパイって敬われたいですかそうですか」

「別にそんなんじゃないし、なんだったらお前の言う『センパイ』は最初からずっと敬意なんかなかったからな」

失礼な。アタシがセンパイなんて呼んであげるのはセンパイくらいのものだというのに。

まあそもそも他の人とはろくに話さないんだけど。

それこそセンパイとはクラスメートより話してる気がする。センパイと話すために学校行っているのかと言われると、ちょっと認めたくないけど。

「ならセンパイって言わなくていい?」

「許可取る前にもうタメ口になってるの気づいてる?」

「妹なんだからオニーチャンにはタメ口でしょ」

「……どっちでもいいよもう」

センパイはそう深く溜息を吐く。

面倒くさいって思ってるのかもだけど、アタシは意外と嬉しかった。

センパイとアタシの関係に名前がついたみたいで。ふわふわしてたものに、形ができたみたいで。

「じゃあ求」

「名前……呼び捨て……」

「じゃあ、求くん。あ、そっちもべつに呼び捨てでいいよ」

「桜井」

「妹を名字で呼ぶ兄がいるか」

「いてっ」

枕を拾って投げつける。

これは遊びだ。センパイが兄で、アタシが妹って遊び。

だから、ちゃんとやってもらわないと。

「……みのり」

「もう一度」

「みのり」

「りぴーとあふたみー」

「……？　何を？」

あ、リピートアフターミーは、「私の言葉を繰り返して」だっけ。

「やっぱり勉強しろ」

「おやすみなさーい」

兄らしく口うるさい求くんは無視して、アタシは掛け布団を頭まで被《かぶ》るのだった。

◆◆◆

中学に入学して、求くんに出会って九ヶ月。

アタシ達の関係は『兄妹』という名前を手に入れた。

鍵っ子で、親とはあまり顔を合わせないアタシにとって、家族ができたみたいでちょっとむず痒《がゆ》くて、遠慮しなくていいから楽で。

アタシは前よりもこの人と一緒にいる時間を悪くないと感じるようになっていた。

毎日のように家に遊びに行って、休日にはお互いの家族ぐるみで出掛けたりもした。

陸上部以外にもロードワークに（自転車で）付き添ったり、一緒に試験勉強したり、映画を観に行ったりもした。

そんなこんなで時間もすぎていき、求くんは三年生に、アタシは二年生になった。

アタシにも一応後輩はできたけど、やっぱり求くんとずっと一緒にいて、『他の仕事は事務的なのに、白木求の世話だけは積極的』なんて、変人扱いも受けるようになって。

いや、別に積極的なわけじゃないし。世話してあげてるのは確かだけど。

あの人、アタシがいなかったら絶対熱中症とかでぶっ倒れてたと思う。怪我とかもしたんじゃないだろうか。

ひとえにアタシという健気な後輩――いや、妹がいたから、無事でいれるのだ。にしては感謝も薄い気がするけど、まあ、またなにか奢《おご》らせよう。

「そーいや、求くん」

「んー」

「部活、引退したらどうするの？」

それは、ここ最近ずっと気になっていたことだった。

うちの中学では、大体の部活が夏から秋で引退期を迎える。主要な大会とかが夏に集中しているからだ。

陸上部も例外ではなく、二学期早々に代替わりすることになり……それはもう、目前に迫っていた。

「どうするもなにも、受験勉強やるよ」

「高校決めたの？」

「一応な」

じゃあアタシもそこに行く。……という言葉は飲み込んだ。大して行きたい高校なんかないし、求くんと同じところに行くっていうのは既定路線だけど、わざわざ宣言するほどじゃないと思った。

「つーか、みのり」

「なに」

「心配なのは俺よりお前だよ。俺が引退したあと、ちゃんとやれるのか？」

「ちゃんとやる、とは」

「そりゃあ部活に決まってるだろ」

……ちゃんとやる、なんて意識なかった。

求くんのいない陸上部に意味なんかないのに。

「求くんと一緒に引退したい」

「駄目だから」

知ってる。でも実質的にはそんな感じだ。

特別仲良い相手はいない。慕ってくる後輩もいない。寄ってくるのは下心のある男連中ばかりだ。

求くんがいなくなったあとの陸上部はさぞ居心地の悪いものになるだろう。

求くんが卒業するまでの半年はまだ、あれこれ理由をつけてストレス発散する機会はあると思うけど、それ以降は……考えたくもない。

「お前ならすぐ慣れるだろ」

「……勝手に頭の中読まないでよ」

「顔に書いてあったぞ、寂しいって」

「書いてないし。なにその妄想」

と、否定しつつ顔は逸らす。

思えばどうしてこんなにアタシの人生は変わったんだろう。

元々ひとりが気楽で、楽なのが一番で——なにかに、誰かに執着するなんて疲れる行為、アタシらしくない。

なにもかも求くんのせいだ。求くんと一緒にいるのが心地よすぎるのが悪いのだ。

それこそ、ひとりでいるよりも、ずっと。

「まっ、寂《さび》しかったら遊びにこいよ。ノワールも寂しがるだろうし」

「……うん」

そこが妥協ラインか。

陸上部の関係がなくなっても、遊びにきていいと言質《げんち》を取れただけ良しとしよう。

「ね、ノアも寂しいでしょ」

「ふにゃぁ」

求くんのすぐ隣で丸くなっていた黒猫に手を伸ばすと、ぺしっと尻尾で叩かれた。

……たぶんこの、求くん大好きな黒猫ちゃんはアタシのことをおじゃま虫くらいにしか思ってないだろうけど。

◆◆◆

ほぼ毎日が、一週間に一回に。

一週間に一回が、一ヶ月に一回に。

一ヶ月に一回が、たまにに。

中学三年生と高校一年生。

通う場所が変わるだけで、アタシと求くんの関わりはどんどんなくなっていった。

求くんは求くんで、高校でできた友達がいるらしくて、そっちと遊ぶ機会も増えたという。

一応また陸上部に入ったみたいだけど、そっちは結構緩くやってるみたいだ。

少しずつ大人びて、柔らかくなった求くんを少し変わったなと思いつつ、でも、やっぱり求くんは求くんだ。

けれど会いに行く頻度が減ったのは……たぶん、会う度にほんのわずかでも遠くなってしまったのを自覚してしまうから。

嫉妬なんてアタシらしくない。でも、求くんに、アタシの全然知らない思い出が増えていると思うと、なんだか……段々会いに行きづらくなって。


気が付けば、また次の春を迎えていた。

一応、求くんと同じ高校には進学したので、相変わらず入っているという陸上部に顔を見せに行ってやるかぁ……とか思っていた矢先、アタシはとある出会いを果たした。

「よろしくね、桜井さんっ」

「あ、うん。ヨロシク」

入学してほんの数日経った、初めてのオーラルコミュニケーションの授業。

たまたまくじ引きによってペアに選ばれたのは、同性のアタシでもびっくりするくらいの美少女だった。

もちろん初見じゃない。

クラスメートだし、それに入学式でも新入生代表で挨拶《あいさつ》して目立っていたから。

ふわっと柔らかそうな黒髪、くりくりとした瞳《ひとみ》、色っぽく艶《つや》めいた唇《くちびる》……なにより人懐っこい雰囲気。

きっと同じ高校生活でも、アタシと彼女じゃ映り方が全然違うんだろうと思える、そんな別世界に住んでそうな女の子。

「ええと、最初は自己紹介だね……コホン。マイネームイズ、アカリミヤマエ――」

これが、宮前朱莉《みやまえあかり》との出会いだった。

「桜井さん、一緒にご飯食べない？」

「え」

その日の昼休み、彼女はわざわざそう声をかけてきた。

その少し後方には、彼女をランチに誘おうとしていたのだろう、いかにもキラキラしてますと言いたげな男女グループが、気まずげに見てきていた。

「なんでアタシ？」

「ええと……だめ？」

「駄目じゃないけど」

「じゃあ、食べよ！」

彼女は意外と強引だった。

前の空席を確保し、アタシの机に弁当箱を広げてしまう。

キラキラグループはそれを見て、次にアタシを見て、残念そうに教室を出て行った。

「アレ、よかったの」

「うーん……」

彼女は困ったように苦笑し、誤魔化す。

ああ、この子は良い子なんだな。たぶん、さっきの人達と良い関係ではないのだろうけど、悪く言うこともできないんだろう。

「私、大人数でいるのも目立つのも苦手で」

「目立ちそうな見た目してるけど」

「えっ、そう？」

主に美少女的な意味で。

今もちらちらと男子連中が彼女に視線を向けている。

きっと仲良くなるタイミングを狙っているのだろう。もちろん、下心も——

「桜井さんの方が可愛いよ！」

「は？」

「ていうか綺麗《きれい》だよ！　私、桜井さんほど綺麗な人初めて見た‼」

「ちょ、声デカ……」

クラスの視線がさらに集まるのもお構いなしに、宮前さんは身を乗り出してがっつり主張してくる。

「あ、でも、桜井さんが綺麗だから声を掛けたわけじゃないからね？　さっき、授業で話して、もっと話してみたいなって思っただけで」

「ああ、そう……」

どうにも断りづらい。彼女の真っ直ぐな瞳に見つめられると、あれこれ適当な理由を探すのもバカらしく感じてしまう。

……と、この日彼女を受け入れたのをきっかけに、アタシと宮前朱莉は世間一般でいう、『友達』になっていくこととなる。

◆◆◆

宮前朱莉とそんな出会いを果たして、アタシ達は自分たちでも驚くほどに、仲良くなっていった。

優等生な朱莉と不良寄りなアタシ。一見、いや二度見したって水と油っぽいアタシ達だけど、なんか波長というか、芯の部分がピッタリ合って、なんだかんだよく二人でいる。

朱莉は少し、いや、かなり変わっている。

表向きだと品行方正な優等生。成績は常にトップ。運動神経はそこそこだけど体力はなく、そんなところもチャームポイントなんだろう。

表情がころころ変わって面白かったり、いちいちリアクションが大きく天然っぽかったり。

アタシとまるで違う、エネルギー消費の多い生き方をしている。

そして、一番の違いは――

「またわざわざ告白の返事したの？」

「うん……お断りだけど」

「朱莉は相変わらずマメだなー」

「りっちゃんは完全無視だもんね……」

りっちゃん、というのはアタシのあだ名らしい。

みのりのりを取って、りっちゃん。それなら朱莉のりを取ってもりっちゃんになると思うけれど、そうはならないらしい。なぜか。

そして、朱莉はまあ当然、めちゃくちゃにモテる。

気が付けば告白されていて、ラブレターにも律儀に返答しているのだから驚きだ。

「だって、誰かを好きになるって気持ちは痛いくらい分かるもん。だから、ちゃんと答えたくて」

「そっか」

朱莉はずっと恋をしている。

幼い頃からの初恋を、今もなお抱え続けているらしい。

凄まじいエネルギーだ。信じられない情熱だ。

恋は女の子を可愛くするなんて言うけれど、まさに朱莉はそれだ。

好きな人のため、その人にふさわしくなるため、常に自分を磨き続けている……アタシには分からない感覚だけど。

「さっさと告白すればいいのに」

「りっちゃん⁉」

「朱莉なら大丈夫でしょ」

「そ、そんなことないよぉ……だって、あの人にとって私は、全然子どもで」

「そんな年上じゃないんでしょ」

「それは、そうだけど……」

まごまごとする朱莉に、アタシは溜息を吐く。

朱莉は何があっても、彼女が誰を好きなのかは教えてくれなかった。

ただ、雰囲気から一つか二つ年上だってこと。それと言えば誰か分かってしまう相手……たとえばこの学校の人とか、そこまではなんとなく絞り込むことができた。

あとは朱莉を子ども扱いするような、実際の年齢よりもなお年が離れているように感じさせる相手…………いや、考えたって仕方ない。

探偵のフリして、頭を働かせるなんてアタシらしくもないし。

「りっちゃんは好きな人とかいないの？」

「は？」

「だって、りっちゃんだっていつも告白断ってるでしょ？」

「そりゃそうだけど。でも、それは付き合う理由がないからで」

「付き合ってから好きになるってこともあるかもしれないよ？」

朱莉がそれを言うか……。

まぁ、言わんとすることも分かるけど。

「アタシ、恋愛とか興味ないから」

「よくそう言ってるけど……」

「初恋だってまだだし。ていうか恋愛自体あまりよく分からないっていうか……朱莉はどうなの？」

「えっ！」

「好きな人がいるってどんな感じなの？」

ここで朱莉に投げ返す。

恋愛だのなんだの、実際に現在進行形で楽しんでいるプロに聞くのが一番早い。

「あ、その……普段何気ないときもその人を思い浮かべたり、姿が見えたらつい目で追っちゃったり、ドキドキして、寂しくて……」

「へぇ～」

「あっ！　ニヤニヤしてる！　またからかって、もーっ!!」

そりゃあ、ああも顔を真《ま》っ赤《か》にして真面目に語られればにやけるなという方が無理な話だ。

相変わらず怒っても可愛い朱莉を適当に宥《なだ》めつつ、考える。

何気ないときもその人を思い浮かべて、つい目で追ってしまう相手かぁ……そんなの今まで――

「あ」

いた……かもしれない。

いつも頭の片隅にいて、会えると嬉しくて、離れると寂しくて、早く会いたいってつい夢にも見てしまうようなそんな相手――

「りっちゃん？　どうしたの？」

「あ……いや、なんでもない……」

でも、散々恋愛に興味ないって言ってきた手前、言い出すなんてできるわけもなく、アタシは適当に言葉を濁した。

それに、自分でもよく分からなかったのだ。

自分に縁がない恋愛なんてものが、初恋が、自分の知らない内に訪れていて、しかもその相手があの人だなんて。

信じられない。認めたくない。

初恋はまだいいけれど、あの人だけは――

「あのさ、朱莉」

「ん、なぁに？」

「今日、放課後遊ぼうって言ってたけどさ……ちょっとまた別の日にしていいかな」

「え……うん、大丈夫だよ」

朱莉は少しビックリしつつ頷いてくれる。

アタシも申し訳ないと思いつつ、それでも、このモヤモヤをそのままにはできなかった。

◆◆◆

「というわけで、来た」

「うわぁ⁉」

ノックもせずドアを開けると、求くんはちょうど制服から部屋着に着替えているところ——もっとはっきり言うと、パンイチでズボンを穿《は》こうとしているところだった。

「久しぶり」

「久しぶり……って、お前、なんでここに⁉　鍵は！」

「ちょうどそこでおばさんと会ったから借りた」

「ああ、そう……それでもせめて、俺の部屋に入る前にノックして欲しかったけど。ていうか出て行ってはくれないんですかね……？」

「ま、今更だし」

求くんのパンイチなんて、もう散々目にしてきたし、恥ずかしがるのも変な話で。

そう……今更なのだ。変にドキドキしたりなんかしない。してない。

「ったく、お前は変わらないな」

「まぁね。求くんはちょっと変わったみたいだけど」

「変わったか、俺？」

「うん。なんか……落ち着いた感じ？」

「そりゃあ中学に比べたら大人になったとは思うけど」

求くんは少し照れくさそうに頬をかく。

中学の時みたいながむしゃらに陸上に打ち込む感じもなく、どことなく落ち着いた雰囲気を感じさせる。

あの頃の求くんも面白かったけれど、今も悪い感じじゃない。

優しい目も、距離感も……アタシからしたらやっぱりお兄ちゃんって感じで……。

(そう、お兄ちゃん、なんだ)

朱莉が言った、恋の感覚。たぶん、それに近いものをアタシは求くんに感じている。

アタシはいつの間にか求くんに恋していたんだ。なんかウケる。

「なんだよ、ニヤニヤして」

「……求くん、少し鈍《にぶ》った?」

「えっ⁉」

「陸上部に入ったのに、だらだらしてるツケかなー?」

「なっ……！　ちゃ、ちゃんと毎日走ってるから！　それに陸上部が活動できないのは、他の運動部にグラウンドを占有《せんゆう》されてるからで——」

身体を捩《ねじ》りつつ、太ったのか慌てて確認する求くん。

そんな彼を見ながら、アタシはやっぱり居心地の良さを感じてしまう。

(求くんはお兄ちゃんでいいや)

もしかしたらこの人はアタシの初恋かもしれないけれど、アタシがそれを自覚する前に、アタシは彼を『お兄ちゃん』にしてしまった。

今更、変に愛の告白なんかして、その関係を壊そうなんて思わない。

アタシは妹だから求くんとこの距離でいられる。それを手放したくなんかない。

恋人に比べればこんな関係は、ばかばかしくて、無駄かもしれないけれど、アタシにはこれがいい。

他の誰の基準でもない、アタシが築いた答えなのだから。

「なぁ、みのり。そういえば、今ってなんの部活入ってるんだ？」

「当然、帰宅部だよ」

「当然なのか……」

求くんが呆れたように苦笑する。

でも、今の質問でなんとなく、求くんが言おうとしたことが理解できた。

多分そのまま聞くのは照れくさいとかだろうけど——

「求くん、なんでアタシが陸上部に入らなかったか気になってるんでしょ。でも、ストレートに聞けば、入って欲しいってお願いしてる感じがして恥ずかしいから、遠回りした……みたいな」

「そこまで察して全部言うんだな……？」

「だってその方が面白いし」

顔を少し赤くしつつ顔を逸らす求くんを見て、なんだか胸の奥が熱くなる感じがした。

中学時代もたびたび感じてたけれど、これも恋してるからっていうなら、案外アタシも単純だったんだなって思う。

「高校は部活強制じゃないし、アタシが部活に入る理由もないでしょ」

「そ……っか、中学では、なんだかんだで楽しんでたように見えたけど」

「散々付き合わせてた先輩が言う？」

「う……」

「ま、求くんと一緒にいるのは楽しかったけどね。じゃなかったら今もわざわざ来てないし」

「そうはっきり言われると……なんて返したら良いかよく分かんないな」

「照れた？」

「うっさい。……でもさ、それなら別に陸上部に入っても良かっただろ。環境は結構違うし、マネージャーを抱えるほどの大きさじゃないけどさ」

求くんは寂しそう……ではなく、心配するような眼差しを向けてくる。

この人のことだ、自分が寂しいとかは多分感じてても意識していないんだろう。

アタシがちゃんと高校生活を楽しめているのか心配してるんだ。

人付き合いが苦手で、友達作りが下手で、孤立しがちだったアタシを、この人は変に気遣って、傍にいてくれたから。

そういうところが求くんらしくて、ズルいところで……だから、アタシだって一瞬くらいは、「また陸上部に入ろうか」なんて悩みもしたけれど。

「求くん、アタシのこと舐《な》めすぎ。これでもちゃんと友達できたから」

「え、お前に……⁉」

「驚きすぎでは？」

こういうところは変に正直でムカつく。

ムカついたので……ぎゅっと脇腹をつまんでやった。

「わっ⁉　何するんだよ⁉」

「……ふっ」

「な、なんだ、その意味深な笑みは……」

「別に？」

「……やっぱり俺、太った？」

「んー……どーだろ」

そう、ちょっとからかってやる。

恐怖に顔を引きつらせる求くんは面白くて……でも、やっぱり毒だなって思ってしまう。

もしもまた求くんと同じ部活に入って、一緒にい続けたら、もしかしたらアタシの求くんに対する気持ちも変わってしまうかもしれない。

そんなめんどくさいこと、まっぴらごめんだ。アタシはこの感じが好きなんだから。

「ね、ノアー」

「うにゃっ」

求くんの足元にすり寄ろうと、しゃなりしゃなり歩いていた黒猫を捕まえる。

ノアはしばらくもがいていたけれど、やがて諦めて大人しくなった。

「お、ノワールもやっと懐いた……いや、慣れたか？」

「ま、妹ですから」

「ノワール公認なら認めざるをえないなぁ」

とりあえず、恋愛についてはしばらく朱莉を応援するだけでいいや。

少なくとも、アタシが新しい恋に出会うよりはずっと青春を楽しめるだろう。知らんけど。

◆◆◆

（なんて、あの頃は思ってたんだけどなー）

まさか、高一から高三と二年経て、朱莉の好きな人があの人だったと判明するなんて。

いや、はっきり聞いた訳じゃないけど、でも『朱莉のお兄さんの友達』『お兄さんとは同い年で高校も大学も同じ』『現在大学の近くで一人暮らし中』なんて聞かされれば絞り込むには十分すぎる。

にしたって、狭すぎじゃないだろうか、世界。

朱莉が好きなのは求くん……たしか初恋は小学生の頃って言ってたよね、あの子。

つまりアタシより先に求くんに会っていたということだ。なのに、今の今までほとんど接点を持てず、ただただ片想いしていたなんて……さすが朱莉だ。

しかも、今は求くんのとこに、お兄さんの借金のカタという名目で押しかけてるとか……、

「ふふっ」

いけないいけない。つい頬が緩んでしまう。

朱莉と求くんなんて、なんて面白い組み合わせなんだろう。

朱莉は奥手なのに変に暴走してる感じだし、でも報告を聞く感じだと求くんは相変わらず鈍感極《どんかんきわ》まってる感じで、見事に噛み合ってない。

今も朱莉から、その好きな人と同じベッドで寝れたという中々びっくりな報告を受けていたけれど、思春期丸出しな感じの、ただ添《そ》い寝《ね》して終わりという肩透《かたす》かしなオチで……。

「しゃーない。アタシが一肌脱いであげるかぁ」

たしかもうすぐ政央《せいおう》学院のオープンキャンパスだったはず。

アタシはもとからあそこに行くって決めてるし、わざわざ遠出してオープンキャンパスに行かなくてもいいんだけど、朱莉が求くんちに居候しているなら話は別だ。

親友としてからかっ——ではなく、背中を押してあげなければ。

『朱莉、アタシが手伝ってあげるよ』

『えっ!』

『朱莉がそのセンパイを落とせるようにね』

だからアタシも求くんちに……いや、待った。

そもそも求くんはアタシが朱莉と友達だって知っているんだろうか？

アタシは朱莉のことを話したことはない。そして、もしも朱莉が求くんに話していたら、求くんもアタシと知り合いってことを教えて、朱莉はアタシにそのことを言ってきた筈。

朱莉はアタシのことを『りっちゃん』って呼んでるし、ふつう『りっちゃん』＝『みのり』にはならないだろうし。

「てことは、朱莉も求くんも、アタシのことは自分だけ知り合いって思ってるってことで……ふふっ、がぜん面白くなってきた」

アタシは朱莉に、「オープンキャンパスで合流しよう」とメッセージを送る。

もちろんこれは嘘。

求くんちの住所は前に「中学の陸上部の同窓会の案内を送りたくて～」なんて嘘をついて教えてもらっていた。

いつか、いきなり押しかけてビックリさせたげようとか思ってたんだけど、まさに今が絶好のチャンスだ。

「朱莉も求くんもビックリするだろうな～」

今から二人の驚いた顔が楽しみで、つい頬が緩む。

もちろん、朱莉には幸せになって欲しい。誰が相手なのかは知らなかったけど、常に自分を磨こうと頑張っている姿を見てきたのだ。

相手が求くんだろうがなんだろうが上手くいって欲しいと思うのは当然だし、むしろ碌《ろく》でもないクズでなくてホッとした。ていうか見る目あるよ朱莉。

そんなことを思いながら、アタシはこの夏一番になるであろうビッグイベントに向けて宿泊の準備を始めるのだった。

◆◆◆

そして楽しい時間はあっという間に過ぎ——

「りっちゃん……本当にもう帰っちゃうの……？」

寂しそうに眉を下げる朱莉に、アタシは少し面白く感じてしまう。

今日は海水浴旅行から帰った次の朝。アタシは地元に帰るため、求くんちからの最寄り駅までやってきていた。

正直、オープンキャンパスから数えても結構長居したと思うんだけど、朱莉からすれば「もう」らしくて。

ていうか、朱莉すっかり馴染《なじ》んでるなぁ。求くんの家なのに、引き留めるみたいなこと言っちゃってるし。多分本人は無自覚なんだろうけど。

「まぁ、ずっといても胸焼けしそうだし？」

「胸焼け……」

「朱莉がすっかり求くんにメロメロだからさ」

「ちょ、も、もう！　りっちゃん！」

朱莉が顔を真っ赤にしつつ叫ぶ。

そして後方──離れた場所で待つ求くんのほうを振り返る。

求くんは朝が早いから眠いのか、のんびり欠伸なんかしていた。

まぁ、アタシが「親友との別れなのに水差さないでくれます？」って、わざわざ見送りに来てくれたのを追っ払ったんだけど。

「せ、先輩に聞こえたらどうするの……⁉」

「いーじゃん。言っちゃえば」

「言う……⁉」

「もちろん、愛してますって」

「あい……っ！」

プシューっとショートする音が聞こえそうなほど、顔を真っ赤にして硬直する朱莉。

まったく、大胆なのに肝心《かんじん》なところでチキンなんだから、この子は。

「ていうか、りっちゃんだって……先輩と良い感じだったし……」

「え、アタシ？　そーかな」

「そうだよぉ！」

アタシはいつもどおりのつもりだったけれど……もしかしたら久々に会えてちょっとはしゃいじゃってたのだろうか。

「ごめんね、りっちゃん……」

「なにが？」

「りっちゃんが先輩のこと……その……」

「はい？」

朱莉、なんて酷い誤解を……ん？　よくよく考えたら誤解でもないか？

でも、アタシの行動からそんな感じが出てたってことかもで、それは反省だ。まぁ、朱莉の考えすぎっていうのものなくないけど。

「アタシは朱莉を応援しにきたんだけどなー」

「でも、りっちゃんがもし、その……そうだったら、イヤイヤ付き合わせちゃったことになるし……」

「アタシから言い出したんだけど」

「でも、りっちゃんは先輩だって気付いてたんでしょ？　だったら普段のラインから……」

「んー……」

朱莉的には無理やり付き合わせてしまってたって感じになっちゃってるのか。仮にそうだったとしても、気にすることないのになー。

「言っとくけど、朱莉。アタシ別に求くんのこと好きじゃないから。あ、いや、男としてって意味ね」

「でも」

「んー……まぁ、距離が近いのは認める。でも言ったでしょ、あの人はアタシにとってお兄ちゃんだから」

「そうは言うけど……」

「朱莉だって、あのお兄さん……ええと、昴《すばる》さん、だっけ？　に、恋したりしないでしょ」

「するわけないよ⁉」

「うん、それと同じ感じ。アタシにとってセンパイは兄以上でも以下でもないから」

まぁ血が繋《つな》がっていないので、社会的になんの保証も制約もないっていうアレはあるけれど。

ただ、リアルお兄ちゃんがいる朱莉的には納得いったみたいで、アタシがけろっとしているのを見て、安心したように息を吐いた。

「朱莉と求くん、結構良い感じだと思ったよ」

「ほ、ホント⁉」

「うん。相性良さそうだし、求くんも鈍感なりに朱莉のことを意識してると思う」

「先輩が……！　え、えへへへへ……」

よっぽど嬉しかったのか、だらしなく表情を崩す朱莉。それはそれで可愛いんだけど、でも……ちょっとぞくぞくしてしまう自分がいて——

だからアタシは、ちゃんと、はっきり言うことにした。

「でもさ、朱莉。そんなのもう何週間も一緒に住んでれば当たり前でしょ」

「へ」

「むしろここからさらに深い関係になるには……仮にアタシがライバルだったとしてもまごついてちゃいけないと思うけどな」

脳裏に浮かぶのは、あの従姉《いとこ》のお姉さん。

朱莉は信頼しているみたいだけど、アタシはちょっと危険だと思う。

従姉なんて、親戚とはいえ法律上は結婚できるわけだし、あんな感じに男女の距離を感じさせずベタベタするのは良くないと思う……ん？

なんかちょっと引っかかる感じがしたけど……ま、いっか。

「ねぇ、朱莉は求くんとどうなりたい？」

「え、どうって……私は、今みたいに一緒にいられるだけでも奇跡みたいなものだし、十分幸せで……」

「でもさ」

アタシは真剣に朱莉を見つめる。

朱莉も、普段めったに見せないガチな眼差しに、ぐっと息を飲む。

そして、アタシはハッキリと言ってやった――

「夏休み、もう残り一週間だよ」

「……え？」

「夏休みが終わったら、朱莉も帰らなきゃでしょ」

「あ……」

「それに夏が終わって一人になったら、もしかしたら求くんも別に彼女作っちゃうかも」

「っ⁉」

まぁ、生まれてずっと彼女がいない鈍感野郎な求くんがそんないきなり彼女を作るかっていったら、うーんだけど。

いやいや、朱莉ロスから人肌恋しくなって、案外積極的になったりする可能性もゼロじゃない。

「求くん、案外素材はいいしね」

「お兄ちゃんもモテるって言ってた！」

「朱莉が完堕《かんお》ちしてる時点で説得力すごいけど」

「だよね……‼」

「あっさり認めるなぁ……」

ここまでベタ惚《ぼ》れだと、逆にちょっと心配にもなるけど。

まぁ、本人がいいならいっか。

「とにかく朱莉」

「は、はい……！」

「ぬるいこと言ってると、また後悔するよ。ようやく摑んだチャンスなんでしょ」

「……！　うん！」

朱莉の目に力強い光が灯《とも》る。

発破を掛けたことで、朱莉と求くんにどんな変化が生まれるかは分からないけれど、結果は楽しみに待つとしよう。

「アタシも、友人代表として結婚式のスピーチ考えとくね」

「けっこんしき⁉」

ちょっとそうからかっただけで、大きく目を見開いて固まる朱莉はやっぱり可愛くて、アタシは柄にもなく声を上げて笑ってしまう。

朱莉の後方を見れば、アタシたちが騒がしくしてるのが気になったのか、求くんが訝《いぶか》しげにこっちを見てきていた。

少し名残惜しさもなくはないけど、お邪魔虫にはなりたくないし、ここまでにしよう。

「じゃあね、朱莉。グッドラック」

ショートした朱莉に一方的に別れを告げ、改札を抜けた。

「あっつ」

楽しくて忘れていた夏の暑さがよみがえってくる。

でも朱莉の夏は残り一週間、今よりもっと熱くなるんだろう。

アタシは親友として遠くから応援しつつ……まぁ、一応、念のため、傷心してしまったときに慰《なぐさ》める言葉も用意しておこうかな、なんて思うのだった。

あとがき

この度《たび》は『友人に500円貸したら借金のカタに妹をよこしてきたのだけれど、俺は一体どうすればいいんだろう2』をお手にとっていただき、誠にありがとうございます。作者のとしぞうです。

今回の第2巻は、本作の季節が夏ということもあり、夏らしいイベントをたっぷり書かせていただきました。

そもそも本作の最序盤を書き始めた頃、「夏休み限定の同棲生活」においてどんなイベントができるかをノートに書き出したりしていました。

定番の海やプール、お祭り、花火大会、肝試《きもだめ》し。

受験生らしいイベントとしてオープンキャンパスや夏期講習、模試。

イベントじゃないけれど風物詩として風鈴、スイカ、カキ氷、ヒマワリ、入道雲とか台風とか。

書いていけば切りのない、実に書き応えのある季節だなぁなんて、改めて思います。

そんな沢山の『夏』から、求《もとむ》や朱莉《あかり》、さらには昴《すばる》、結愛《ゆあ》、そして本巻から本格参戦であるりっちゃんと、登場人物が輝きそうな題材を拾い上げ、膨《ふく》らませて――

……ただ、書いてるの真冬なんですけどね！　夏感ゼロ！！　寒い！！

なんて、ちょっと愚痴《ぐち》っぽく見えたかもしれませんが、実際はさほどマイナスではなく、むしろ冬に『夏』を考えるのも面白かったりします。

目の前にないからこそ、たくさん考えて、必死に思い出して……まるで恋ですね！

（謎）

本巻の発売は春ですし、読書の皆様が手に取る時期もバラバラだと思いますが、この作品から「夏っぽさ」みたいなものを感じてもらえたら、嬉しい限りです。

もちろん、「500円から始まる一夏のラブコメディ」を自称している本作ですから、ラブコメ的な要素を楽しんでもらったうえでという前提ですけどね！！（強欲）

さてさてそんな「500カタ（本作公式略称）」ですが、電撃コミックレグルス様にてコミカライズも連載中！

金子《かねこ》こがね先生によって朱莉や求の姿が、素敵なマンガになっております。

しかもちょうどその第1巻が本巻発売数日前の3月26日に発売したんだって！　ワオ！　タイミングいいね！！

ぜひ、そちらもご購入ご検討いただければ幸いです！


改めまして、本巻を出版するにあたり多くの方にお力添えをいただきました。

まずは1巻に引き続き装画をご担当いただきました雪子《ゆきこ》先生。今作にも素敵なイラストをお寄せいただき、誠にありがとうございます！

そしてコミカライズを担当いただいております金子こがね先生。コミカライズ、自分もすごく楽しみに読ませていただいております。マンガでしかできない表現、ならではの強みを活かして魅力的な作品にしていただいて……本当に感無量です！

もちろん、ファミ通文庫編集部様、担当編集様、電撃コミックレグルスの皆様、そのほかデザインや印刷をご担当いただいております皆々様。お力添えをいただき誠にありがとうございます！！

最後に、1巻をご購入いただきました読者の皆様。本当に感謝をいくら言っても言いきれません。

皆様にご購入いただけたおかげで、本巻が出せました。そして本巻をご購入いただけたおかげで3巻が出せる……可能性もあります。

未来のことはこのあとがきを書いている時点ではまだ分かりませんが、今後も読者の皆様にご期待いただけるよう頑張っていければと思います。

長々と書いてもしかたないぜ！　というわけで、以上をあとがきとさせていただきます。

またここでお会いできたらいいなぁと思いつつ、三巻書くならどんなことを書こうかな～などと思い巡らそうと思います。

それではまた会う日まで！

今後ともよろしくお願いいたします！！

としぞう

女の子の水着姿は最高!!
本編では出せなかったりっちゃんの水着。

■ご意見、ご感想をお寄せください。…………………………………………………………

ファンレターの宛て先
〒102-8177　東京都千代田区富士見2-13-3　ファミ通文庫編集部
としぞう先生　　雪子先生

FBファミ通文庫

友人《ゆうじん》に500円《えん》貸《か》したら借金《しゃっきん》のカタに妹《いもうと》をよこしてきたのだけれど、俺《おれ》は一体《いったい》どうすればいいんだろう2

1806

2022年3月30日　初版発行

◇◇◇

著　者　としぞう
発行者　青柳昌行
発　行　株式会社KADOKAWA
〒102-8177 東京都千代田区富士見2-13-3
電話 0570-002-301（ナビダイヤル）
編集企画　ファミ通文庫編集部
デザイン　RevoDesign
写植・製版　株式会社スタジオ205プラス
印　刷　凸版印刷株式会社
製　本　凸版印刷株式会社

●お問い合わせ
https://www.kadokawa.co.jp/（「お問い合わせ」へお進みください）
※内容によっては、お答えできない場合があります。
※サポートは日本国内のみとさせていただきます。
※Japanese text only

ISBN978-4-04-736931-3 C0193

定価はカバーに表示してあります。

放課後の図書室でお淑やかな彼女の譲れないラブコメ3

既刊 1〜2巻好評発売中！

著者／九曜
イラスト／フライ

泪華の気持ちに静流は——。

放課後の図書室で姉の蓮見紫苑《はすみしおん》、先輩の壬生《みぶ》奏多《かなた》、恋人の瀧浪泪華《たきなみるいか》の三人と楽しくも騒がしい日々を送る真壁静流《まかべしずる》。そんな中、奏多からデートに誘われた静流は週末を一緒に過ごすことになるのだが……。放課後の図書室で巻き起こるすこし過激なラブコメシリーズ、堂々完結。

FB ファミ通文庫

【擬人化】スキルでチート美少女を生み出して最強皇国を造ってみる

著者／朝凪シューヤ
イラスト／天原スバル

剣も盾も全てが最強の美少女に!?

村で唯一女神から加護を与えられなかった少年アッシュ。しかしある日世界征服を目論む神聖ヴォルゲニア帝国に襲われ、彼の中に眠っていた【擬人化】スキルが発現した！　アッシュは「あらゆるものを美少女に変える」その力で聖剣を美少女化して帝国軍を撃退するのだが――!?

FBファミ通文庫